DEBBIE MACOMBER

Süßer die Herzen nie klingen

DEBBIE MACOMBER

Süßer die Herzen nie klingen

ROMAN

Aus dem Amerikanischen
von Nina Bader

blanvalet

Die Originalausgabe erschien 2021 unter dem Titel
»Dear Santa« bei Ballantine Books, New York.

MIX
Papier aus verantwortungsvollen Quellen
FSC® C014496
FSC
www.fsc.org

Klimaneutral*
Druckprodukt
ClimatePartner.com/14044-1912-1001

Penguin Random House Verlagsgruppe FSC® N001967

1. Auflage

Redaktion: Susann Rehlein
Umschlaggestaltung und -motiv: © www.buerosued.de
LA · Herstellung: sam
Satz: KCFG – Medienagentur, Neuss
Druck und Bindung: GGP Media GmbH, Pößneck
Printed in Germany
ISBN 978-3-7341-1159-4

www.blanvalet.de

Für Patt und Steve Boothe,
wunderbare Nachbarn und sogar noch
bessere Freunde

1

»Endlich zu Hause.« Lindy Carmichael bog in die Apple Orchard Lane in Wenatchee, Washington, ein und stieß einen wohligen Seufzer aus. Ab jetzt hatte sie zwei ganze Wochen Urlaub, um mit ihrer Familie Weihnachten und Silvester zu feiern. Wenn sie je eine Auszeit gebraucht hatte, dann dieses Jahr. Es war ein absolut furchtbares, zermürbendes Jahr gewesen.

Vor drei Jahren hatte Lindy, nachdem sie für einige kleine Firmen gearbeitet hatte, ihren Traumjob im Bereich Marketing- und Webdesign bekommen. Ihr Diplom in Informatik mit Spezialgebiet Grafik und Visualisation war zusammen mit ihrer Berufserfahrung wie maßgeschneidert für Media Blast. Davon überzeugt, dass ihr kreatives Talent sich als großes Plus für das Unternehmen erweisen würde, war sie sicher gewesen, sich dort gut einzufügen. Doch es war anders gekommen. Zwar liebte sie ihren Job und die Möglichkeiten, die er ihr bot, aber sie kam nicht gegen das Gefühl an, nicht genug geschätzt zu werden. Kurz bevor Lindy ihren Urlaub antrat, hatte sie eine Kampagne für die Ferguson-Gruppe eingereicht, einen der größten Kunden von Media Blast. Diese Gelegenheit, ihren Wert unter Beweis zu stellen, war genau das, worauf sie gewartet hatte. Wurde ihr Vorschlag ausgewählt, würde sie endlich die Anerkennung ernten, die sie verdiente. Lindy war nie ein Mensch gewesen, der schnell aufgab. Ihr Dad hatte ihr einmal geraten, stets mehr zu tun als nur das, wofür sie bezahlt wurde. Am Ende des Tages würden sich ihre harte Arbeit und ihre Leistungen bezahlt machen. Lindy hielt sich an diese Philosophie und hatte dementsprechend für diesen Job alles gegeben.

Sie verdrängte den Gedanken an ihre Probleme im Job und bog in die Einfahrt des Hauses ein, in dem sie den größten Teil ihres Lebens verbracht hatte. Blinkende Lichter, die sich an der Dachrinne entlangzogen, begrüßten sie gemeinsam mit den Zwillingsrentieren, die auf dem schneebedeckten Rasen Wache standen. Ein großer Weihnachtskranz, besetzt mit silbernen und blauen Kugeln, hing an der Tür. Weihnachten zu Hause. Das war genau das, was sie brauchte, um dem Trübsinn zu entkommen, der sie in den letzten sechs Monaten im Klammergriff gehabt hatte.

Lindy war noch nicht ganz aus ihrem Auto ausgestiegen, als die Tür schon aufflog und Beau, der Familienhund, über die frisch freigeschippte Einfahrt auf sie zuschoss. Ihre Mutter streckte die Arme nach ihr aus, während Beau schwanzwedelnd die Vorderpfoten gegen ihre Oberschenkel stemmte und ihre ungeteilte

Aufmerksamkeit forderte. Ihr blieb kaum genug Zeit, die erschreckend kalte Luft einzuatmen, so schnell wurde sie von ihrer Mutter in das warme Haus und dann in eine feste Umarmung gezogen. Beau bellte seine Begrüßung, rannte um sie herum und hechelte vor Aufregung.

»Ich dachte schon, du kommst überhaupt nicht mehr hier an«, sagte Ellen Carmichael, als sie Lindy aus dem Mantel half. »Wie war der Pass? Ich habe den Wetterbericht gecheckt, und über Snoqualmie hat es geschneit. Hattest du irgendwelche Probleme? Unfassbar, dass du keine Schneeketten hast … Wahrscheinlich brauchst du in Seattle keine, aber auf dieser Seite der Berge sind sie ein Muss.«

»Mom, um Himmels willen, lass mich doch erst mal ankommen«, erwiderte Lindy kichernd. Endlich zu Hause. Von lieben Menschen umgeben zu sein war das, was sie gerade am dringendsten brauchte. Die Küche war warm, und auf der Arbeitsplatte stand ein Blech mit frisch gebackenen Plätzchen. Backen war in Lindys Familie ein Ausdruck von Liebe. Für das alljährliche Heiligabendtreffen mit langjährigen Freunden fing ihre Mutter immer Tage vorher mit dem Backen an. Jede Familie würde mit einem überquellenden Plätzchenteller nach Hause gehen.

»Hast du gefrühstückt?«, fragte ihre Mutter sie, als sie nach der Kaffeekanne griff.

»Nein. Ich wollte sehen, dass ich auf die Straße

komme, sowie es hell wird.« Im Winter konnte es problematisch werden, über den Snoqualmie-Pass zu fahren, und er war oft wegen Lawinengefahr gesperrt. Lindy hatte gedacht, je eher sie aus Seattle hinaus und auf die andere Seite des Berges kam, desto besser.

»Dann setz dich hin, und ich mache dir schnell was…«

Lindy, die die Kekse auf der Arbeitsplatte bewunderte, winkte ab. »Kaffee und ein paar von diesen Vogelnestplätzchen reichen mir bis zum Mittagessen.«

Ihre Mutter öffnete den Schrank, um einen Becher herauszunehmen, während sich Lindy an ihren Lieblingsweihnachtsplätzchen bediente.

Als sie ihr gegenübersaß, lächelte sie ihre Mutter an. Das war es, woran sie sich die letzten paar Monate geklammert hatte, während sie den Stürmen trotzte, die das Leben ihr schickte. Zu Hause sein, und Weihnachten. Die perfekte Kombination, um ihr aus diesem emotionalen Tief herauszuhelfen.

Ihre unsichere Position bei Media Blast war nur die Spitze des sprichwörtlichen Eisbergs. Da sie nicht wollte, dass ihre Mutter sich Sorgen machte, hatte Lindy seit Monaten den größten Teil ihrer Probleme für sich behalten. Sie beabsichtigte auch nicht, sofort damit herauszuplatzen. Vielleicht würde sie in ein paar Tagen, wenn sie den heimatlichen Frieden in sich aufgesaugt hatte, in der Lage sein, etwas zu erzählen.

Als sie das erste Plätzchen probierte, schloss Lindy

genießerisch die Augen. »Ich schwöre, dass ich davon ein Dutzend essen könnte.«

»Aber das wirst du nicht. Sonst hast du beim Mittagessen keinen Hunger.«

Erst jetzt bemerkte Lindy den brodelnden Topf auf dem Herd. »Hast du Pasta e fagioli gemacht?« Die Suppe, die aus Cannellinibohnen, Kidneybohnen und kleinen Nudeln in einer sämigen Tomatensoße bestand, war eine Familientradition.

»Mit Sauerteigbrötchen«, fügte ihre Mutter hinzu. Das Rezept stammte noch vom Großvater ihres Vaters, der einst in Alaska gelebt hatte. Er behauptete, es stamme von einem alten Klondike-Goldschürfer, irgendwann um 1890.

»Mom«, stöhnte Lindy. »Du wirst mich wieder zu sehr verwöhnen.«

»Genau das habe ich vor. Du warst viel zu lange nicht mehr zu Hause.«

»Ich war am vierten Juli hier«, erinnerte Lindy sie. Sie war gekommen, kurz nachdem sie ein eigenes Apartment bezogen hatte und kurz bevor sie die furchtbare Wahrheit über … Sie rief sich zur Ordnung; weigerte sich, an all das Schlimme zu denken.

»Ja, und das ist Monate her. Es ist ja nicht so, als würden uns tausend Meilen trennen. Seattle ist kaum drei Autostunden entfernt.«

»Ich weiß, ich weiß, aber ich bin umgezogen, vergiss das nicht, und dann war da dieses Projekt für die Firma, das fast jedes Wochenende in Anspruch genommen hat. Doch es hat sich gelohnt, denn ich habe zwei Wochen herausgeschlagen, um die Feiertage mit dir, Dad, Chad, Ashley und Peter zu verbringen.« Ihr jüngerer Bruder hatte vor ein paar Jahren seine Highschoolliebe geheiratet und arbeitete als Lieferkettenmanager für den Apfelgroßmarkt. Innerhalb eines Jahres hatten Ashley und Chad ihren Eltern einen hinreißenden Enkel geschenkt. Lindy war verrückt nach dem vierjährigen Peter. Sie sprachen jede Woche über FaceTime miteinander, und sie schickte ihm so oft Geschenke, dass Chad sie gebeten hatte, damit aufzuhören. Zurzeit war Ashley mit einem kleinen Mädchen schwanger, das sie Grace nennen wollten. Sie sollte in der ersten Märzwoche zur Welt kommen.

Als Lindy mit Kaffee und Plätzchen fertig war, lud sie ihr Auto aus und brachte ihren Koffer in ihr Zimmer. Auf der Schwelle zu dem vertrauten Raum stehend, stellte sie fest, dass alles noch genauso aussah wie damals, als sie aufs College gegangen war. Sie setzte sich auf die Bettkante, blickte sich um und erinnerte sich daran, wie unbeschwert ihr Leben als Teenager gewesen war.

Ein Poster der Jonas Brothers hing an der Wand, die Pompons von der Tanzgruppe klemmten an der Ecke der Pinnwand, und die Korsage, die sie zu ihrem Oberstufenball getragen hatte, war auch daran befestigt.

Endlich zu Hause.

Tiefer Frieden überkam sie, als sie sich in all das Vertraute ringsum einhüllte wie in eine wärmende Decke.

»Essen ist gleich fertig«, rief ihre Mutter aus der Küche, da hatte Lindy gerade ausgepackt. Sie legte die Geschenke, die sie mitgebracht hatte, unter den Weihnachtsbaum, der das Wohnzimmer schmückte. Er stand vor dem Panoramafenster, das auf die Apple Orchard Lane hinausging.

»Ich komme schon.« Nachdem sie den Baum bewundert hatte, gesellte sich Lindy zu ihrer Mutter, die bereits zwei dampfende Suppenschalen auf den Küchentisch gestellt hatte. Der Brotkorb stand zusammen mit einem Butterschälchen in der Mitte.

Nach dem Tischgebet hob Lindy ihren Löffel. »Ich habe nachts von dieser Suppe geträumt. Obwohl ich mich haargenau an das Rezept halte, kriege ich sie nie so gut hin. Irgendwie schmeckt sie immer besser, wenn du sie kochst.«

»Das liegt daran, dass sie mit Liebe zubereitet wird.«

Lindy hatte so ihre Zweifel, was diese zusätzliche Zutat anging, aber anscheinend gab es keine andere Erklärung.

Ihre Mutter wartete, bis Lindy aufgegessen hatte. Dann sah sie Lindy direkt an und sagte: »Ich warte.«

»Worauf?«, fragte Lindy.

»Darauf, dass du mir erzählst, was mit dir los ist, und bitte versuch nicht, es abzustreiten. Du sagst es mir am besten gleich, bevor …«

»Mom … nichts ist mit mir los. Alles in Ordnung.«

Ihre Mutter kniff die Augen zusammen und bewegte den Zeigefinger in der Luft hin und her. »Lindy Rose, ich bin deine Mutter. Niemand kennt dich besser als ich. Ich habe schon eine ganze Weile vermutet, dass du nicht glücklich bist. Und jetzt raus mit der Sprache.«

Lindy fürchtete, vielleicht weinen zu müssen, wenn sie erst einmal anfing zu erzählen.

»Es geht um mehr als nur die Arbeit, nicht wahr?«

Ihre Mutter kannte sie einfach zu gut. »Ja«, bestätigte Lindy. »Die Trennung von Brian war auch nicht so einfach.« Sie hatte ihren Eltern erzählt, dass sie und Brian nicht mehr zusammen waren, hatte aber keine Einzelheiten erwähnt. Sie hatte es nicht übers Herz gebracht. Es hatte damals zu wehgetan, und inzwischen war es nur unwesentlich leichter.

»Du hast dich bezüglich der Gründe nur sehr vage geäußert.«

Aus gutem Grund. Bei dem größten Teil dessen, was passiert war, handelte es sich um Demütigungen, die sie lieber für sich behalten würde.

»Hat es etwas damit zu tun, dass du umgezogen bist?«

Offenbar konnten ihre Eltern gut zwischen den Zeilen lesen. Lindy nickte. Es lag daran und an so vielem mehr.

»Ich erinnere mich, dass du im Juli angedeutet hast, deine Beziehung zu Brian hätte sich geändert. Und nicht lange danach hast du beschlossen, deinen eigenen Weg zu gehen.«

Kurz nach ihrer Rückkehr nach Seattle hatte Lindy die Wahrheit über Brian und Celeste erfahren und war am Boden zerstört gewesen.

»Du hast ihn sehr gern gehabt. Richtig?«

»Ja.« Das hatte sie allerdings. Am Anfang ihrer Beziehung hatte sie sich vorstellen können, dass sie heirateten und sich ein gemeinsames Leben aufbauten, sowie sie ihre Karriereziele erreicht hatte. Sie fühlte sich mit ihm wohl, aber im Laufe der Zeit wurde ihr klar, dass Brian für eine Heirat noch nicht bereit war und sie vielleicht auch nicht.

»Tut es dir leid, dass ihr euch getrennt habt?«

»Eindeutig nicht«, erwiderte sie mit Nachdruck.

Die Brauen ihrer Mutter schossen hoch. »Deine Reaktion verrät mir, dass da noch mehr ist. Du verschweigst mir doch etwas.«

Lindys Schultern sackten nach unten. Sie hatte nicht beabsichtigt, so bald schon auf dieses Thema zu sprechen zu kommen. Doch nun, wo ihre Mutter nach Antworten bohrte, konnte sie es genauso gut hinter sich bringen. Aber was Celeste, ihre einstmals beste Freundin, und Brian getan hatten, war nichts, was sie ihrer Mutter gerne anvertraute.

Ihre Mutter schwieg. Lindy wusste, dass sie ihr Zeit geben wollte, bis sie innerlich bereit war, alles zu erklären.

»Als der Mietvertrag von Celestes und meiner Wohnung kurz vor dem Auslaufen stand«, sagte sie nach einigen schmerzerfüllten Momenten, »wussten wir, dass es an der Zeit war, uns jede etwas Eigenes zu suchen.«

Lindy tat das Herz weh, als sie sich an die Ereignisse des Sommers erinnerte.

»Celeste arbeitete in Edmonds. Das hieß, dass sie jeden Tag fast eine Stunde durch den dichten Verkehr in Seattle fahren musste. Es machte Sinn, dass sie sich nach einem Apartment näher bei ihrem Arbeitsplatz umsah. Apartments sind in Seattle ein Sechser im Lotto, aber ich habe ziemlich schnell eines gefunden.« Eine Freundin, die umzog, hatte ihr davon erzählt, und Lindy hatte sofort zugegriffen. »Celeste hatte nicht so viel Glück. Wir haben Wochen gebraucht, etwas zu finden, das sie sich leisten konnte. Sie besichtigte ein Apartment, das ihr gefiel, aber ihr Budget überstieg, und nahm es trotzdem. Ich ging davon aus, dass sie mit ihren Finanzen besser haushalten konnte, als mir bewusst gewesen war.«

Ihre Mutter hörte zu, ohne Fragen zu stellen, wofür Lindy ihr dankbar war. Das Ganze war schwer genug.

»Wir machten Umzugspläne und schworen uns, in Kontakt zu bleiben, egal was kommt.« Sie waren seit ihrer Collegezeit Zimmergenossinnen und beste Freundinnen gewesen. Es würde das erste Mal sein, dass sie getrennt lebten, seit sie achtzehn waren.

Rückblickend betrachtet, hätte Lindy wissen sollen, dass etwas nicht stimmte.

»Celeste hat einen Mietvertrag für ein Apartment unterschrieben, das sie sich nicht leisten konnte?«

Lindy nickte und blickte zu Boden.

»Wie hat sie das denn geschafft?«

»Sie hat einen Mitbewohner gefunden«, entgegnete Lindy.

»Für ein Einzimmerapartment?«

Lindy blickte auf. »Sie hatte einen Mann kennengelernt.«

»Ich wusste gar nicht, dass Celeste in einer festen Beziehung lebt.«

»Ich auch nicht.« Das war der springende Punkt bei der ganzen Sache. Lindy hatte nichts von dem mitbekommen, was sich zwischen ihrer besten Freundin und Brian abspielte.

Ihre Mutter runzelte die Stirn. »Erzähl weiter, Liebes.«

»Ihr Mitbewohner ist Brian. Die zwei sind wochenlang hinter meinem Rücken auf Apartmentsuche gegangen. Ich war total blind; ich habe beiden vertraut.«

»Nein!« Ihre Mutter schnappte nach Luft. »Brian ist mit Celeste zusammengezogen?«

Obwohl sie die Wahrheit schon vor Monaten erfahren hatte, setzte in Lindys Magen ein Brennen ein.

»So eine Hexe.«

»Das ist noch lange nicht das Schlimmste. Vorher, als

Celeste und ich beschlossen haben, dass es an der Zeit für uns ist, jede eine eigene Wohnung zu finden, hat Brian vorgeschlagen, dass wir beide zusammenziehen. Ich habe abgelehnt. Für diese Art von Bindung war ich noch nicht bereit. Daraufhin hat er einige unserer Dates abgesagt. Ich dachte, das wäre seine passiv-aggressive Art, es mir heimzuzahlen.«

»Er ist ein Mistkerl, Lindy. Ein echter Mistkerl.«

Verglichen mit dem, was Lindy vom Verhalten ihres Exfreundes hielt, waren die Worte ihrer Mutter noch milde gewählt. »Kurz nachdem wir ausgezogen waren, schaute ich bei Celeste vorbei, um ihr beim Einrichten zu helfen. Ich hatte seit dem Umzug nichts mehr von ihr gehört und wusste, dass sie lange arbeiten musste und die Hilfe wahrscheinlich brauchen konnte. Ich hatte ihr etliche Textnachrichten geschickt, auf die sie nicht geantwortet hatte, und ich machte mir Sorgen. Stell dir meine Überraschung vor, als ich dort ankam und mir Brian die Tür aufmachte.«

»Oh, Lindy, das tut mir so leid.«

Schlimm genug, dass Brian sie mit Celeste betrogen hatte, aber dass ihre beste Freundin sie hintergangen hatte, wog noch schwerer. Liebeskummer wegen einer in die Brüche gegangenen Beziehung hatte sie schon früher durchgemacht. Johnny Bemis hatte ihr das Herz gebrochen, als sie in der Highschool war. Ihre Freundinnen hatten sie aufgemuntert, und sie war schnell über ihn hinweggekommen.

Hier verhielt es sich anders. Ihre beste Freundin zu verlieren, ihre Vertraute, den einen Menschen in Seattle, der ihr beistand und an sie glaubte, war ein schlimmer Schlag. Sie vermisste Celeste weit mehr als Brian. Selbst jetzt fiel es ihr schwer zu glauben, dass Celeste es fertiggebracht hatte, sie auf diese Weise zu betrügen und zu täuschen. So viel zum Ehrenkodex unter Freundinnen.

»Das stinkt zum Himmel«, sagte Lindy. »Tatsache ist, Mom, dass ich in puncto Romantik eine komplette Niete bin.«

»Sag doch so was nicht.«

»Aber es stimmt leider. Mardelle und Nate sind verlobt und haben schon einen Hund adoptiert, den sie Oscar genannt haben. Sie hat mich gebeten, bei ihrer Hochzeit in diesem Sommer ihre Brautjungfer zu sein. Und Mardelle ist nicht die einzige meiner Collegefreundinnen, die eine feste Beziehung hat.«

»Ich weiß, dass der Verrat von Brian und Celeste schmerzt.«

»Sehr sogar.« Sie hatte nicht vorgehabt, mit dem ganzen Drama herauszuplatzen, kaum dass sie zur Tür hereingekommen war. Lindy hatte gehofft, all das hinter sich zu lassen und die Feiertage mit ihrer Familie zu genießen. Je weniger sie an Brian und Celeste dachte, desto besser.

»Tut mir leid, dass du das durchmachen musstest.«

»Danke, Mom. Obwohl mein Kopf weiß, dass die

Trennung, und zwar von beiden, der richtige Weg ist, fällt es meinem Herzen schwer, das zu akzeptieren.«

»Das kann ich gut verstehen.«

»Ich bin selber schuld. Ich habe gestern Abend den Fehler gemacht, Celestes Facebookseite zu checken, und während ich meine Wochenenden alleine verbracht habe, waren die beiden zum Skifahren auf dem White Pass und bei einem Spiel der Seahawks. Am meisten trifft mich, dass Brian und ich letzten Winter genau dasselbe getan haben. Ich bin so ein Loser.«

»Du bist ganz sicher kein Loser, Lindy Rose Carmichael.«

»Ich habe meinen Freund und meine beste Freundin verloren. Brian zu verlieren ist nicht so schlimm, aber Celeste? Ich habe viele Freundinnen, doch Celeste und ich standen uns so nahe. Wir haben alles geteilt. Ich habe nur nicht damit gerechnet, auch meinen Freund mit ihr teilen zu müssen.«

»Die beiden verdienen sich gegenseitig«, sagte ihre Mutter streng.

Lindy hatte gewusst, dass ihre Mutter sich auf ihre Seite schlagen würde.

»Was mich betrifft, ist Brian nicht einmal ansatzweise der Mann, für den wir ihn gehalten haben«, fuhr ihre Mutter fort. »Jetzt ist das schmerzlich für dich … Ich erinnere mich da …« Sie hielt inne.

»Du erinnerst dich an was?«

Die Augen ihrer Mutter verdunkelten sich vor Kummer. »Ich erinnere mich, wie mir zumute war, als dein leiblicher Vater mich verlassen hat … Es kam mir so vor, als würde meine ganze Welt zusammenbrechen. Sowie er erfahren hat, dass ich mit dir schwanger war, hat er sich aus dem Staub gemacht. Er konnte gar nicht schnell genug das Weite suchen.«

»Oh, Mom«, flüsterte Lindy. Von der Warte ihrer Mutter aus betrachtet, war sie selbst noch glimpflich davongekommen.

Ellen schob ihren Stuhl zurück und bedeutete Lindy, zu bleiben, wo sie war. »Da gibt es etwas, was ich dir zeigen möchte.«

»Was denn?«

»Etwas, was bewirken wird, dass du dich besser fühlst.«

Obwohl das vielversprechend klang, war Lindy nicht sicher, ob irgendetwas, was ihre Mutter ihr zeigen konnte, ihre Laune wieder heben würde.

Ihre Mutter verschwand und kam ein paar Minuten später wieder zurück. Mit einem breiten Lächeln reichte sie Lindy einen Kinderschuhkarton. Ihr Gesicht glühte vor Aufregung. »Ich habe ein paar der Kartons durchgesehen, die ich in der Garage verstaut hatte, und dabei dies hier gefunden. Ich dachte, das muss ich dir zeigen. Das, meine liebe Tochter, sind deine Briefe an Santa.«

»Mom, über die werde ich vielleicht lachen, aber ich bezweifle, dass sie irgendwie dazu beitragen werden, den Schmerz aus meinem Herz zu vertreiben.«

»Ich denke, du könntest eine Überraschung erleben«, beharrte ihre Mutter. »Jetzt mach den Karton auf und lies den ersten Brief.«

Lindy konnte sich nicht vorstellen, dass irgendetwas, was sie geschrieben hatte, als sie noch an Santa geglaubt hatte, über die Macht verfügte, ihr jetziges Leben zu beeinflussen.

»Vertrau mir«, sagte ihre Mutter leise. »Lies den obersten. Du hast ihn geschrieben, als du fünf warst.«

»Das ist doch albern.« Trotzdem war sie unwillkürlich neugierig.

»Sei dir da nicht so sicher«, erwiderte ihre Mutter mit einem Augenzwinkern.

2

Lindy fiel es schwer zu glauben, dass ihre Kindheitsbriefe an Santa sich irgendwie auf ihr momentan aus den Fugen geratenes Leben auswirken könnten. Aber schaden konnte es auch nicht sie zu lesen, und so griff sie nach dem ersten Brief.

Sie öffnete den Umschlag, zog ein einzelnes Blatt heraus und breitete es auf dem Tisch aus. In ihrer kindlichen, unbeholfenen Kleinmädchenschrift hatte sie geschrieben:

Lieber Santa,
bitte bring mir einen Daddy.
Lindy

Lindy blickte ihre Mutter an und lächelte. »Ich habe mir kein Spielzeug gewünscht? Ich kann mich erinnern, dass ich um diese Zeit herum ein Fahrrad haben wollte.«

»Das kam später. Alles, was du an diesem Weihnachten wolltest, war ein Dad.«

»Das wusste ich überhaupt nicht mehr.«

»Liebes, du warst erst fünf. Du bist in den Kindergarten gekommen und hast zum ersten Mal gemerkt, dass die anderen Kinder Väter hatten und du nicht.«

Lindy schüttelte erstaunt den Kopf und versuchte, sich zu erinnern. Ihr war von diesem Weihnachten wenig im Gedächtnis geblieben. Was sie vor Augen hatte, war dieses Fahrrad. Als sie an damals zurückdachte, wurde ihr klar, dass ihre Mutter recht damit hatte, dass sie sich nichts außer einem Dad gewünscht hatte.

»Ich hatte keine Möglichkeit, dir einen Vater zu verschaffen. Mir blutete das Herz«, sagte ihre Mutter. »Der einzige Mann, den ich je geliebt hatte, hatte mich verlassen. Ich hatte seit dem Tag, an dem ich ihm gesagt hatte, dass ich schwanger war, nichts mehr von ihm gehört. Von Freunden erfuhr ich, dass er kurz nach deiner Geburt eine andere geheiratet hatte.«

»Wir waren ohne ihn besser dran.« Lindy glaubte das von ganzem Herzen. Wenn dieser Samenspender geblieben wäre, hätte sie ihren heutigen Vater nicht bekommen, der sie geliebt und großgezogen hatte. Obwohl sie gleichzeitig verstand, dass die Zurückweisung ihre Mutter tief getroffen hatte. Im Lauf der Jahre hatte Lindy selbst keinen Gedanken an den Mann verschwendet. Weil der Dad, der sie adoptiert hatte, sie liebte, hatte sie nie das Bedürfnis gehabt, etwas über den Mann in Erfahrung zu bringen, der für ihre Geburt verantwortlich war.

»Wir sind viel besser ohne ihn dran«, stimmte ihre Mutter zu. »Von all den Dingen, die du dir hättest wünschen können, war ein Vater das Einzige, das ich dir nicht schenken konnte. Es hat mir das Herz gebrochen.«

»Oh, Mom, es tut mir so leid.«

»Du musst das verstehen. In diesem Jahr war Weihnachten eine trübe Angelegenheit. Meine Eltern verbrachten die Feiertage bei meinem Bruder in Kansas, und wir beide waren alleine. Ich wollte das Fest zu etwas Besonderem für dich machen, weil du deine Großeltern vermissen würdest.«

Lindy wusste, wie sehr ihre Mutter Weihnachten liebte und wie schwer es für sie gewesen sein musste, alleine zu feiern statt mit ihrer Familie. Und dann musste sich Lindy auch noch ausgerechnet das Einzige wünschen, was ihre Mutter ihr nicht verschaffen konnte.

Ellen lehnte sich entspannt zurück. Ihre Gedanken wanderten zu jenem schicksalhaften Weihnachten zurück. Da ihre Eltern nicht da waren, war sie zum ersten Mal in ihrem Leben über die Feiertage allein. Sie hatte alles getan, was ihr eingefallen war, um sie für ihr kleines Mädchen so perfekt wie möglich zu gestalten. Mit nur einem Einkommen war es schwierig, über die Runden zu kommen.

Heiligabend blieb sie fast bis Mitternacht auf und packte die wenigen Geschenke ein, die sie Lindy unter den Baum legen konnte. Dabei bedauerte sie die ganze Zeit, dass sie ihrer geliebten Tochter nicht das eine würde schenken können, was die Kleine sich so sehnlich wünschte – einen Daddy.

Nach dem, was ihr mit Robbie passiert war, hatte sie Probleme, jemandem zu vertrauen. Robbie hatte all die richtigen Dinge gesagt, sie mit Komplimenten überschüttet, sie verführt und dann sitzengelassen, als sie feststellte, dass sie schwanger war.

Wie dankbar Ellen für ihre Eltern war, die sie liebten, ihr während der Schwangerschaft beistanden und sie unterstützten! Nach Lindys Geburt halfen sie ihr, wo sie konnten. Robbie jedoch wollte nichts mit seiner Tochter zu tun haben. Angesichts dieser Haltung traf Ellen die schmerzhafte Entscheidung, ihn komplett aus ihrer beider Leben zu streichen. Robbie war mehr als bereit, auf alle elterlichen Rechte zu verzichten, zumal das hieß, dass er keinen Unterhalt zahlen musste. Als Folge davon hatte Ellen finanziell sehr zu kämpfen.

Trotzdem war sie entschlossen, ihrer Tochter ein schönes Weihnachtsfest zu bereiten. Dank der Großzügigkeit ihrer Eltern lagen zahlreiche Geschenke zum Auspacken für Lindy unter dem Baum.

Am Weihnachtsmorgen schoss Lindy aus dem Bett, rannte barfuß zum Weihnachtsbaum und schlitterte darauf zu. »Können wir jetzt die Geschenke aufmachen?«, bettelte sie.

Ellen machte sich eine Tasse Tee und sah lächelnd

zu, wie Lindy ein kleines Geschenk nach dem anderen auspackte.

»Mommy, schau mal, von Grandma und Grandpa habe ich einen Backofen bekommen!«

»Wunderbar. Dann kannst du ja für unseren Nachtisch einen Kuchen backen.«

Lindy schob das Geschenk zur Seite und griff nach einem weiteren Päckchen. Als sie das Papier aufriss, stöhnte sie. »Das ist Unterwäsche.«

»Ja, sieh nur, wie hübsch sie ist.«

»Aber niemand sollte sie sehen.«

Ellen verbarg ihre Erheiterung. »Du hast recht. Du solltest niemandem deine hübsche neue Unterwäsche zeigen.«

Nach drei oder vier Päckchen kauerte sich Lindy auf die Fersen und sah Ellen erwartungsvoll an.

»Was ist denn, Liebes, gefallen dir deine Geschenke nicht?«

Lindy beeilte sich zu nicken. »Doch. Den Backofen wünsche ich mir schon ewig, und ich liebe das neue Spiel und mein Puzzle. Aber Santa hat nicht auf meinen Brief geantwortet.«

»Ich weiß, Liebes, und es tut mir leid. Möchtest du mit deinem neuen Spiel spielen?«

Lindy willigte sofort ein, und sie beide spielten ein paar Runden, bevor Ellen ihnen Frühstück machte. Danach sahen sie sich Ellens Lieblingsweihnachtsfilme an und telefonierten mit ihren Eltern und ihrem Bruder in

Kansas. Joe fragte, ob seine Geschenke angekommen wären, und als sie verneinte, entschuldigte er sich dafür, sie so spät abgeschickt zu haben.

Als sie aufgelegt hatten, briet Ellen ein Hähnchen zum Dinner. Der Duft zog durch ihr Apartment.

»Brathuhn esse ich am liebsten«, sagte Lindy, während sie geduldig darauf wartete, dass ihr Kuchen fertig wurde. Sie saß vor dem Miniaturofen, starrte hinein und sah zu, wie die kleine Uhr tickte.

»Huhn mit Kartoffelbrei und Soße.«

»Und Erbsen«, beharrte Lindy.

»Und Erbsen.« Lindy zerdrückte die Erbsen gern in ihrem Kartoffelbrei und goss dann die Soße darüber.

Während sie die Kartoffeln fürs Abendessen schälte, klingelte es.

Ehe Ellen das Messer weglegen konnte, sprang Lindy auf. »Mommy, Mommy, vielleicht ist das der Weihnachtsmann!« Sie stürmte zur Tür und riss sie auf. »Hat Santa dich geschickt?«, fragte sie mit großen, erwartungsvollen Augen.

»Ich denke schon«, sagte der Mann gerade, als Ellen aus der Küche trat.

»Bist du mein Daddy?«, wollte Lindy als Nächstes wissen. Sie wirbelte herum; ihre Augen leuchteten vor Freude. »Sieh mal, Mommy, Santa hat meinen Brief doch bekommen und mir einen Daddy geschickt.«

Ellens Gesicht lief vor Verlegenheit rot an, und sie vermied es, den Mann an der Tür anzuschauen.

»Ellen?«

Erschrocken blickte sie beim Klang seiner Stimme auf. »Phillip? Was machst du denn hier?« Sie hatte Phillip in der Highschool gekannt und ihn seit ihrem Abschluss nicht mehr gesehen.

»Ich arbeite für UPS.«

Das hätte ihr seine braune Uniform verraten müssen. »Du lieferst auch am Weihnachtstag noch aus?«

Er zuckte die Achseln. »Alle anderen Fahrer sind verheiratet und haben Familie. Ich bin Single und habe angeboten, die letzten Pakete auszuliefern, weil ich dachte, ein kleines Mädchen könnte auf ein Geschenk von Santa warten.« Mit diesen Worten überreichte er Lindy ein Päckchen. »Ich glaube, das hier ist an dich und deine Mom adressiert.«

Lindy griff nach dem Karton und trug ihn stolz ins Wohnzimmer.

Phillip lächelte. »Ich muss zugeben, dass ich deinen Namen erkannt und das Paket bis zuletzt aufgehoben habe.«

»Komm doch bitte rein ins Warme«, sagte Ellen, als ihr bewusst wurde, dass dies sein letzter Stopp war. Sie erinnerte sich, dass Phillip immer schüchtern gewesen war.

»Seid ihr beiden alleine?«, fragte er, dabei blickte er sich um.

Ellen nickte. »Mom und Dad sind bei meinem Bruder in Kansas City.«

Lindy saß auf dem Boden und packte das Päckchen aus, das von ihrer Patin stammte. Darin waren eine Puppe für Lindy und ein eingewickeltes Päckchen für Ellen.

»Du hast es vermutlich eilig, zu deiner Familie zurückzukommen«, sagte Ellen.

Phillip schüttelte den Kopf. »Meine Eltern sind bei meinen Großeltern in Yakima.«

Also war er an Weihnachten ebenfalls alleine. »Es gibt nichts Besonderes, aber möchtest du uns nicht beim Abendessen Gesellschaft leisten?«, fragte Ellen. »Ich meine, nur wenn du willst. Kein Druck.«

»Nichts würde ich lieber tun.« Ernst blickte er sie an. Ein Versprechen lag in seinen Augen.

Ellen schüttelte den Kopf, um wieder ins Hier und Jetzt zu finden, und ihr Blick wanderte zu Lindy, die auf den Brief hinunterstarrte, den sie vor all diesen Jahren geschrieben hatte.

»Dad ist am ersten Weihnachtstag gekommen«, flüsterte Lindy.

»Ja, das war dein Daddy, genau der Daddy, um den du Santa gebeten hattest.«

»Ich erinnere mich nicht mehr daran, an Santa geschrieben zu haben.« Lindy strich mit dem Finger über die ungeschickt hingekritzelten Buchstaben. »Aber ich weiß noch genau, dass Dad und du euch getroffen habt und wie lieb er mit mir umgegangen ist.«

»Hast du vergessen, dass du gesagt hast, dein Dad wäre das schönste Weihnachtsgeschenk der Welt?«

»Nein, aber seine Ankunft an diesem Tag wird ja wohl kaum etwas mit meinem Brief an Santa zu tun gehabt haben … Das war eher ein Zufall.«

»Du wirst vielleicht anders denken, wenn du die restlichen Briefe liest.«

»Das werde ich, aber erst möchte ich mehr über dieses eine Weihnachten hören, als ich fünf war.«

Oh, diese Erinnerungen! Phillip war zum Abendessen zurückgekommen, nachdem er seinen UPS-Truck abgestellt hatte.

Wieder war Lindy zur Tür gelaufen, hatte seine Hand gepackt und ihn in den Flur gezogen. Ellen hatte den Tisch gedeckt. Sie erinnerte sich an die scheuen Blicke, die er ihr damals in der Schule zugeworfen hatte. Er hatte sie nie gebeten, mit ihm auszugehen. Hätte er den Mut aufgebracht, hätte sie freudig Ja gesagt.

»Mommy kocht gute Sachen«, sagte Lindy zu ihm. »Fast so gute wie Grandma.«

Sie führte ihn zum Sofa und setzte sich neben ihn. »Ich bin fünf, und ich kann lesen.«

»Du musst sehr klug sein.«

»Soll ich dir eine Geschichte vorlesen?«

»Aber sicher.«

Ellen war nervös. »Lindy, lass uns bis nach dem Essen warten, okay?«

Sie machte ein enttäuschtes Gesicht, willigte aber ein. »Okay. Ich habe hübsche Unterwäsche zu Weihnachten bekommen, aber Mommy sagt, ich soll sie den Leuten besser nicht zeigen.«

»Deine Mommy ist auch klug.«

Ellen hüstelte. Wenn sie klug gewesen wäre, wäre sie nicht als alleinerziehende Mutter geendet.

»Sie ist auch hübsch.«

»Ja, das ist sie«, stimmte Phillip zu. »Das fand ich schon immer.«

Die nächsten paar Minuten plapperte Lindy weiter, als hätte sie sämtliche Erlebnisse ihrer ersten fünf Lebensjahre aufgespart, um sie ihm zu erzählen. Er war wundervoll geduldig und aufmerksam.

Und dieser erste Weihnachtstag war erst der Anfang. Phillip wurde rasch ein fester Bestandteil von Ellens und Lindys Leben und war, wie Ellen so oft gesagt hatte, das schönste Weihnachtsgeschenk überhaupt.

»Und dann hat Dad mich später adoptiert«, sagte Lindy.

»O ja. Wir heirateten den Sommer darauf, und ein paar Monate nach unserer Hochzeit wurde er legal dein Vater.«

»Ich bin mir ziemlich sicher, dass ich weiß, warum du diesen Brief an Santa aufgehoben hast«, zog Lindy sie auf.

»Mach den nächsten auf«, drängte ihre Mutter.

3

Lindy griff in den kleinen Karton und nahm den nächsten Brief heraus. Sie faltete ihn auseinander, breitete ihn auf dem Tisch aus und las laut vor.

Lieber Santa,
danke für meinen Daddy. Mommy hat ein Baby in ihrem Bauch, und ich wünsche mir eine kleine Schwester und Rollerblades.
Lindy

»Ich habe meine Rollerblades bekommen, aber meine Schwester nicht. Stattdessen bekamen wir Chad.«

»Ich glaube allerdings nicht, dass du enttäuscht warst«, erinnerte ihre Mutter sie.

»Nein. So, wie ich es mir zusammengereimt habe, wusste Santa, was er tat, als er uns Chad schickte. Ich weiß noch, dass Dad mich ins Krankenhaus mitgenommen hat, um ihn anzugucken. Ich musste mich auf die Zehenspitzen stellen, um in das Säuglingszimmer schauen zu können. In dem Moment, wo ich ihn sah, wusste ich tief in meinem Herzen, dass ich eigentlich einen kleinen Bruder gewollt hatte.« Santa hatte die richtige Entscheidung getroffen.

Seit ihre Eltern Chad aus dem Krankenhaus nach Hause geholt hatten, hatte Lindy ihn angebetet. Sie konnte es nicht ertragen, ihn weinen zu hören, und tat, was sie nur konnte, um ihn bei Laune zu halten. Obwohl der Altersunterschied zwischen ihnen sechs Jahre betrug, hatte sich zwischen Lindy und Chad ein ganz spezielles Band gebildet, das bis zum heutigen Tag Bestand hatte.

»Ich weiß nicht, ob ich es aushalte, bis Donnerstag zu warten, um ihn zu sehen«, sagte Lindy. Ihr Bruder und seine kleine Familie kamen regelmäßig am Donnerstagabend zu Lindys Eltern zum Essen, weil das der freie Tag ihres Bruders war.

»Ashley arbeitet Teilzeit, die erreichst du sicher, wenn du anrufst.«

»Mache ich.« Lindy konnte es nicht erwarten, ihren Bruder und Ashley zu sehen, obwohl ihr Neffe Peter inzwischen derjenige war, an dem ihr am meisten lag. Dieses Kind hatte vom ersten Moment an, wo sie es in den Armen hielt, ihr Herz erobert. Er hatte zu ihr hochgeschaut, ihre Blicke hatten sich gekreuzt, und um Lindy war es geschehen.

Chad und Ashley hatten jung geheiratet. Chad hatte Lindy erzählt, er hätte sofort gewusst, dass Ashley eines Tages seine Frau sein würde. Ashley sagte, sie hätte schon als Teenager dasselbe über Chad gedacht. Er war ohne Frage der Richtige für sie. Wenn Lindy sie nicht so geliebt hätte, hätte sie fast eifersüchtig werden können.

Mittlerweile fasziniert, nahm sie den nächsten Brief aus dem Karton, öffnete ihn und legte ihn neben den anderen beiden auf den Tisch.

Ihre Schrift hatte sich entschieden verbessert, wie sie bemerkte. »Das habe ich geschrieben, als ich sieben war«, sagte sie und las laut vor.

Lieber Santa,
ich bin froh, dass ich einen Bruder statt einer Schwester bekommen habe. Chad ist süß, wenn er nicht schreit. Meine Rollerblades gefallen mir auch. Ich laufe jeden Tag draußen damit, wenn es nicht regnet. Dieses Jahr möchte ich ein Magic Marker-Stifteset und eine Barbie. Oh, und du solltest Billy Kincade einen Strumpf mit Kohle bringen. Er ist gemein. Er zieht mich an den Haaren und jagt mich in den Pausen.
Lindy

Als sie den Brief zu Ende gelesen hatte, blickte Lindy zu ihrer Mutter auf. »Wenn ich mich richtig erinnere, wurde der Wunsch erfüllt.«

»Ganz genau«, sagte ihre Mutter. »Und du hast gemalt, bis deine Finger in allen Farben des Regenbogens schillerten.«

»Ich weiß noch, wie Chad sich eins meiner Meisterwerke geschnappt und es sich in den Mund gestopft hat, bevor ihn jemand daran hindern konnte.«

Erinnerungen zogen an ihr vorbei wie Szenen eines Stummfilms. Sie erinnerte sich lebhaft an Billy Kincade und daran, wie sehr sie ihn verabscheut hatte. Er war eine oder zwei Klassen über ihr gewesen. Kein Tag verging, an dem er nicht irgendeinen Weg fand, um sie zu quälen. Einmal stahl er sogar ihre Hausaufgaben. In den Pausen jagte er sie vor allen über den gesamten Hof. Ihrer Meinung nach war er der bösartigste Junge der ganzen Schule.

Lindy wusste nicht mehr, dass sie Santa seinetwegen geschrieben hatte. Aber als sein Name fiel, wurde Billy Kincade in ihrem Kopf wieder lebendig.

»Was ist eigentlich aus Billy geworden?«, fragte ihre Mutter.

Lindy hatte keine Ahnung. »Nach der zweiten Klasse erinnere ich mich nicht mehr an ihn. Er muss auf eine andere Schule gewechselt sein.« Gott sei Dank, fand sie. Sie hatte seit der Grundschule nicht mehr an ihn gedacht.

»Ich erinnere mich, dass du dich über ihn beschwert hast«, fiel es ihrer Mutter wieder ein. »Irgendwann bin ich zu deiner Direktorin gegangen, um herauszufinden, was da los war.«

»Tatsächlich?« Vielleicht war das der Grund dafür, dass Billy die Schule gewechselt hatte. Nicht, dass sie das interessierte. Lindy war einfach nur glücklich, ihn nicht mehr in ihrem Leben zu haben.

»Dein Dad hat mich begleitet und unter vier Augen mit Billy gesprochen. Hinterher meinte er, seiner Meinung nach hätte Billy dir so zugesetzt, weil er in dich verliebt war.«

»Wenn das stimmt, hatte er eine eigenartige Art, es zu zeigen.«

»Jungen sind schwer zu verstehen. Wahrscheinlich hatte er es nicht leicht daheim. Vielleicht hat er sich zu dir hingezogen gefühlt und wusste nicht, wie er dem Ausdruck verleihen konnte.«

»Dann möge Gott mich vor Jungen schützen, die in mich verliebt sind«, sagte Lindy und dachte an Brian. Seine Zuneigung hatte ihr auch kein Glück gebracht.

Ein letzter Brief blieb ihr noch. Damals war Lindy acht gewesen.

Lieber Santa,
meine Freundin Peggy hat ein Fahrrad mit Bommeln am Lenker und vorne einem Korb mit einer Blume dran. Kannst du mir bitte genau so eins bringen?
Danke
Lindy

Inzwischen hatte sie schon fast ihre heutige Handschrift. Als sie den Brief weglegte, grinste sie unwillkürlich.

»Was ist denn so komisch?«, erkundigte sich ihre Mutter.

»Als ich acht Jahre alt war, wusste ich schon, dass es Santa gar nicht gibt. Ich habe diesen Brief für dich und Dad geschrieben.«

»Und dein Wunsch wurde erfüllt, oder?«

»Ja, und ich habe dieses Fahrrad geliebt. Peggy und ich sind mit unseren Zwillingsrädern in der ganzen Nachbarschaft herumgefahren.«

»Ist dir da irgendein Muster aufgefallen?«, fragte ihre Mutter und blickte auf die Briefe hinab.

Lindys Blick folgte dem ihrer Mutter. »Na ja, abgesehen davon, dass Santa meine Weihnachtswünsche erfüllt hat, nicht wirklich.« Die Briefe waren zwar interessant, und es machte Spaß, sie noch einmal zu lesen, aber letztendlich handelte es sich nur um kindliches Geschreibsel.

»Schau noch einmal genau hin«, riet ihre Mutter.

Lindy betrachtete die vier Briefe vor ihr. »Worauf soll ich achten?«, fragte sie.

»Du siehst es nicht, oder?«

»Offensichtlich nicht.«

»Als ich die Briefe gelesen habe«, sagte ihre Mutter ernst, »habe ich bemerkt, dass Santa dir fast alles gebracht hat, worum du gebeten hast. Nicht immer auf die Art und Weise, wie du es wolltest, sondern auf eine viel bessere.«

Lindy musterte ihr Gekritzel und runzelte die Stirn.

»Mom, komm schon. Du und Dad habt mir alle Geschenke besorgt, die ich mir gewünscht habe.«

»Ja, schon, aber vergiss nicht, du wolltest einen Dad, und Santa hat Phil zu uns geschickt.«

»Wie wahr.« Das konnte sie nicht abstreiten. Sie hatte sowohl den Daddy bekommen, den sie sich gewünscht hatte, als auch einen Bruder. Und Billy Kincade war verschwunden, nachdem sie Santa gebeten hatte, ihm zu Weihnachten Kohlen zu bringen. Außerdem hatte sie ihr Wunschfahrrad bekommen, das mit den pinkfarbenen Bommeln am Lenker, und sie hatte es gefahren, bis es kaputt war. Zwar war ihr die Schwester, um die sie gebeten hatte, verwehrt geblieben, aber das verzieh sie Santa bereitwillig. Was sie stattdessen in Gestalt von Peggy bekommen hatte, war eine Freundin in ihrem Alter.

»Weißt du, was ich denke?«, sagte ihre Mutter.

»Ich schätze, du wirst es mir gleich sagen.«

»Ich denke, du musst Santa einen weiteren Brief schreiben.«

»Was? Ach komm, Mom, meinst du nicht, ich bin ein bisschen zu alt, um an den Weihnachtsmann zu glauben?«

Ihre Mutter schüttelte den Kopf. »Das Wort, über das du ernsthaft nachdenken solltest, ist *glauben*.«

Ihre Worte ließen Lindy zögern. Sie hatte sich so lange in einem emotionalen Tief befunden, dass es ihr schwerfiel, noch irgendwie positiv zu sein und sich zu freuen. Diese alten Briefe zu lesen hatte Spaß gemacht, und sie erinnerte sich daran, dass sie früher einmal von ganzem Herzen geglaubt hatte. Sie hatte jedem Weihnachten voll glücklicher Vorfreude entgegengefiebert, weil sie wusste, dass ihre Wünsche erfüllt werden würden.

»Nachdem ich gehört habe, was in deinem Leben alles passiert ist – Brian, Celeste und nicht zu vergessen Media Blast –, denke ich, es ist vielleicht keine so schlechte Idee, an Santa zu schreiben. Vielleicht ist das Verfassen eines Briefes, in dem du ihm sagst, was du am liebsten zu Weihnachten hättest, genau das, was du tun solltest. Und schreib ihm mit demselben Vertrauen, das du als Kind hattest.«

Dass sie in ihrem Alter an den Weihnachtsmann schreiben sollte, klang albern.

»Lindy?!«, drängte ihre Mutter.

»Ich werde darüber nachdenken«, erwiderte sie. Sie wollte die Begeisterung ihrer Mutter nicht dämpfen, aber zugleich fand sie den Vorschlag absolut lächerlich. Sie hatte Mühe, an die Magie von Weihnachten zu glauben. Wenn jemand erführe, dass sie etwas so Naives getan hatte, würde sie sich zu Tode schämen.

Später an diesem Nachmittag half Lindy ihrer Mutter, das Essen vorzubereiten. Während sie Kartoffeln schälte, ertappte sie sich dabei, wie sie über die dummen Briefe nachgrübelte, die sie als Kind geschrieben hatte. In einem Punkt hatte ihre Mutter recht. Es wäre gut, wenn es ihr gelänge zu glauben, dass alles im Leben aus irgendeinem Grund geschah.

Sie war froh, dass Brian sein wahres Gesicht gezeigt hatte, bevor ihre Beziehung ernster wurde. Obwohl es schwierig war, hätte Celeste ehrlich zu ihr sein sollen. Es hätte ihr wehgetan, aber sie quasi auf frischer Tat zu ertappen war um ein Vielfaches schlimmer.

Im Rückblick musste Lindy sich fragen, wie lange die beiden ihre Affäre geheim gehalten hatten. Wochen, mit Sicherheit Wochen vor ihrem Umzug hatte Lindy an Brian Veränderungen bemerkt. Er rief nicht mehr so oft an, und wenn sie sich trafen, wirkte er abwesend. Sein Mangel an Aufmerksamkeit hatte sie nicht weiter beunruhigt. Wenn sie ehrlich war, war sie zu sehr mit ihren beruflichen Problemen beschäftigt gewesen, um sich zu kümmern.

Im Gegensatz dazu war Celeste ihr übliches vergnügtes Selbst gewesen. Sie hatte sich nichts anmerken lassen. Lindy wunderte sich, wie naiv sie gewesen war, wie vertrauensselig. Als alles herauskam, wusste Celeste nichts zu sagen, und nach den ersten betretenen Minuten sprudelte Celeste heraus, dass es ihr leidtäte. Lindy blieb nicht lange genug, um noch mehr zu hören. Sie war gegangen, und seitdem hatten sie nicht mehr miteinander gesprochen. Das war jetzt Monate her.

Ihre beste Freundin zu verlieren war ein herber Schlag gewesen. Sie hatten sich so nahegestanden wie Schwestern, dachte Lindy. Sie hatten so lange alles gemeinsam gemacht, dass der Verlust von Celeste ihr vorkam, als hätte sie ihren rechten Arm verloren. Aber Freundinnen, echte Freundinnen, hintergingen einander nicht.

Wenn Lindy an Santa schreiben würde, was sie nicht vorhatte, würde sie sich eine neue beste Freundin wünschen. Sie würde ihn auch um eine neue Liebe bitten. Einen Mann mit Charakter und Substanz. Mit Integrität. An groß, dunkel und gut aussehend war sie nicht so interessiert. Brian war all das gewesen. Das Aussehen zählte lange nicht so viel wie das, was sich in seinem Herzen abspielte. Ein Mann mit Herz. Wenn sie darüber nachdachte, war Lindy nicht sicher, ob Santa oder irgendjemand sonst ihr diesen Wunsch würde erfüllen können.

4

Die Tür wurde geöffnet. »Ist mein Mädchen zu Hause?«, rief Lindys Vater in den Flur und kam in die Küche, um Ellen zu küssen und dann Lindy zu umarmen. »Ich habe euch vermisst«, sagte er. Seine Augen leuchteten vor Liebe.

Lindys Vater kam als Leiter des örtlichen UPS-Centers oft erst um sechs oder gar sieben Uhr heim, vor allem in der Weihnachtszeit.

»Ich bin früher gegangen. Ich wollte keine Zeit mit meinem kleinen Mädchen versäumen.«

»Dad, ich bin wohl kaum noch ein kleines Mädchen.«

»Du wirst immer meine süße Knallerbse bleiben«, konterte er.

Ja, dies war ihr Zuhause, und die Liebe, die sie umgab, linderte den Schmerz in Lindys Herzen.

Ihr Dad öffnete die Keksdose, nahm ein Vogelnestplätzchen heraus und trat an die Küchentheke, um die Post zu sortieren. Nachdem er alles durchgesehen hatte, sah er Ellen an. »Hast du Lindy die Santa-Briefe gezeigt?«

»Ja.«

»Was denkst du, süße Knallerbse?«, fragte er.

Sie zuckte die Achseln. »Es hat Spaß gemacht, sie mit Mom noch einmal zu lesen.«

»Und denk nur, sie hat sie all diese Jahre aufgehoben.«

»Das ist lieb von ihr«, sagte Lindy.

Sie verbrachte den Abend mit ihren Eltern und ließ sich alles erzählen, was sich seit ihrem letzten Besuch ereignet hatte. Ihre Eltern gingen um zehn zu Bett, und Lindy zog sich in ihr eigenes Zimmer zurück, nachdem sie ihren Bruder angerufen und ihr Treffen geplant hatte. Beau sprang auf die Matratze und rollte sich am Fußende des Bettes zusammen. Lindy hatte vor, noch ein bisschen zu lesen. In ihre Decken gehüllt, mit einem Buch im Bett zu sitzen war normalerweise ihre Art, den Tag zu beenden. Doch statt sich in den Roman zu vertiefen, kreisten ihre Gedanken um die unerwarteten Ereignisse des Tages. Sie war viel zu aufgewühlt, um sich zu konzentrieren.

Sie knipste das Licht aus und wälzte sich die nächste Stunde schlaflos herum, dann gab sie auf, schaltete die Nachttischlampe ein und stieg aus dem Bett. Sie kramte in ihrer Schreibtischschublade herum, bis sie einen Block und einen Stift fand. Sie blickte auf das leere Blatt hinunter und schrieb:

Lieber Santa,

ich bin's, Lindy. Ich hoffe, du hast mich nach all diesen

Jahren nicht vergessen. Ich melde mich, um dich wissen zu lassen, dass dies nicht gerade das beste Jahr meines Lebens war. Keine Angst, ich werde dich nicht um Weltfrieden bitten. Meine Wünsche sollten kein Problem für dich sein, auch wenn sie ein wenig ungewöhnlich sind.

Wärst du so nett, mich mit einem Mann wie dem bekanntzumachen, den du meiner Mutter vor all diesen Jahren geschickt hast? Einem Mann, der Familie und Bindung zu schätzen weiß? Einem, der vertrauenswürdig, integer, fleißig, liebevoll und witzig ist? Es wäre schön, wenn er auch kinderlieb wäre. Ich weiß, dass er irgendwo da draußen ist, und ich möchte ihn gern kennenlernen.

Ich könnte auch eine neue beste Freundin brauchen. Eine, mit der ich um die Häuser ziehen und der ich Geheimnisse anvertrauen kann. Eine mit Sinn für Humor und Abenteuerlust. Habe mich gefragt, ob du wohl Peggy klonen könntest?

Ich bin dankbar dafür, bei Media Blast zu arbeiten und das Talent nutzen zu können, das Gott mir gegeben hat. Wenn mein letztes Konzept akzeptiert wird, würde das einen großen Karriereschub für mich bedeuten, das weiß ich.

Ich überlasse es dir, die Liste sinnvoll abzuarbeiten, und bedanke mich schon mal im Voraus. Du hast mich in der Vergangenheit nie enttäuscht.

Als sie ihren Brief geschrieben hatte, war Lindy sicher, jetzt einschlafen zu können. Ein Lächeln trat auf ihr Gesicht, als sie den Kopf auf das Kissen legte. Wer hätte gedacht, dass sie auch als Erwachsene noch an Santa schreiben würde? Das Leben war doch voller Wunder.

»Hast du gut geschlafen?«, fragte ihre Mutter, als Lindy am nächsten Morgen um halb acht aus ihrem Zimmer kam und sich reckte.

»Ja, danke.« Tatsächlich war sie erstaunt, wie gut sie geschlafen hatte. Nachdem sie an Santa geschrieben hatte, hatte ein Gefühl des Friedens sie überkommen. Es war wahrscheinlich das Dümmste, was sie seit Jahren getan hatte, aber sie konnte die Zufriedenheit nicht ableugnen, die das Verfassen des Briefes in ihr ausgelöst hatte.

»Ich habe heute Nachmittag mein Buchclubtreffen«, sagte ihre Mutter. Sie klang fast entschuldigend.

Lindy machte sich eine Tasse Kaffee.

»Wir wollen ein bisschen Weihnachten feiern«, fuhr ihre Mutter fort. »Möchtest du mitkommen?«

Lindy lehnte sich mit dem Rücken gegen die Küchentheke, blies in den heißen Kaffee und schüttelte den Kopf. »Danke, Mom, aber wenn es dir nichts ausmacht, würde ich gerne heute Morgen ein paar Besorgungen machen, und dann treffe ich mich während seiner Mittagspause mit Chad.«

»Natürlich. Ich wollte nur nicht, dass du denkst, ich will keine Zeit mit dir verbringen.«

»Sei nicht albern. Geh und hab Spaß. Ich kann mich

durchaus ein paar Stunden alleine beschäftigen.« Die Rücksichtnahme ihrer Mutter rührte Lindy, aber erstaunt war sie nicht darüber.

Nach einem ruhigen Vormittag traf sich Lindy mit ihrem Bruder beim Großhandel von Wenatchee. Chad hatte an der Central Washington University sein Diplom in Lieferkettenmanagement gemacht. Er hatte schon immer über ein enormes Organisationstalent verfügt, und sein Job machte ihm Spaß.

Sie gingen zu dem örtlichen Diner hinüber und unterhielten sich fast eine Dreiviertelstunde lang ununterbrochen. Chad berichtete von seinen und Ashleys Plänen für die Feiertage, und Lindy freute sich, als sie hörte, dass sie viel Zeit mit den beiden und Söhnchen Peter würde verbringen können.

Da sie wusste, dass sie ihn bezüglich ihres eigenen Lebens auf den neuesten Stand bringen musste, lieferte sie ihm eine kurze Zusammenfassung dessen, was bei ihr passiert war. Als er von Brian und Celeste erfuhr, sah sie, wie er die Zähne zusammenbiss.

»Wie schlimm, dass du das durchmachen musstest, Sis.« Chads dunkle Augen waren voller Mitgefühl.

»Es ist vorbei; ich schaue wieder nach vorne.«

»Gut. Freut mich, das zu hören.«

Zum Abschied umarmten sie sich, und als sie zu ihrem Auto ging, wurde ihr klar, dass es keine Übertreibung gewesen war. Sie fühlte sich von der Enttäuschung und dem Schmerz befreit, der diese letzten Monate auf ihren Schultern gelastet hatte.

Als Nächstes betrat sie die chemische Reinigung. Sie hatte ein paar Sachen, die sie bügeln lassen wollte, weil sie vor ihrer Abreise nicht die Zeit gehabt hatte. Sowie sie dort fertig war, bemerkte sie, dass am Ende des Einkaufszentrums ein Starbucks eröffnet hatte. Sie hatte Appetit auf einen Mintlatte und ging hinüber. Nachdem sie zum Lunch mit ihrem Bruder Salat gegessen hatte, verspürte sie nun Lust auf etwas Süßes und Heißes.

Als sie in der Schlange stand, fiel Lindy die große, schlanke, modisch gekleidete farbige Frau vor ihr auf. Die Frau drehte sich um, um ihre Freundin etwas zu fragen, und Lindy stellte fest, dass sie ihr irgendwie bekannt vorkam, wollte sie jedoch nicht anstarren. Sollte sie sich vorstellen? Nein, das war Unsinn. Es konnte unmöglich diejenige sein, für die sie sie hielt. Die einzige Farbige, die sie in Wenatchee gekannt hatte, war ihre Kindheitsfreundin Peggy gewesen. Nachdem sie ihr Getränk entgegengenommen hatte, steuerte Lindy auf die Tür zu.

»Lindy, bist du das?« Die Frage kam von dem Tisch in der Nähe des Ausgangs.

»Peggy?« Das konnte nicht sein. »Peggy Scranton?«

»Lindy? Lindy Carmichael?«

Lindy fing an zu lachen. Wirklich, was für ein Zufall war das denn? »Peggy. O mein Gott, wie lange ist das jetzt her?«

Peggy lächelte und bedeutete Lindy, sich zu ihr und ihrer Freundin zu setzen. »Seit kurz vor der Mittelschule.«

Peggy war seit der zweiten Klasse eine von Lindys besten Freundinnen gewesen, und gemeinsam hatten sie jede Menge Unfug gemacht. Im Sommer zwischen Grund- und Mittelschule war Peggys Familie in ein Neubaugebiet auf der anderen Seite der Stadt gezogen, und Peggy war in einer anderen Schule angemeldet worden. Die ersten paar Monate gelang es ihnen, in Verbindung zu bleiben und ihre Freundschaft aufrechtzuerhalten. Mit der Zeit verloren sie dann den Kontakt zueinander. Im Lauf der Jahre hatte sich Lindy oft gefragt, was wohl aus ihrer Schulfreundin geworden war.

»Das ist Jayne«, stellte Peggy ihre Freundin vor, eine blonde, blauäugige Frau, die ungefähr in ihrem Alter sein musste.

»Hi. Ich bin Lindy.«

»Lindy und ich waren vor einer Ewigkeit beste Freundinnen«, erklärte Peggy.

Die beiden begannen Geschichten aus ihrer Jugend auszutauschen, über die sich Jayne köstlich amüsierte. »Erinnerst du dich daran, wie wir beschlossen haben, unsere eigene Band zu gründen?«, fragte Peggy. »Wir waren von vorneherein zum Scheitern verurteilt, weil keiner von uns ein Instrument spielen oder singen konnte – nicht dass wir uns davon hätten abhalten lassen.«

»Hey, ich kann singen«, beharrte Lindy. »Ich treffe bloß selten den richtigen Ton.«

Peggy lächelte. »Da wir ganz eindeutig nicht als Rockstars Karriere machen würden, gaben wir eine Nachbarschaftszeitung heraus.«

»Klatschblatt trifft es eher«, stellte Lindy klar.

»An Originalität hat es uns jedenfalls nicht gemangelt. Erinnerst du dich an diesen vierten Juli, an dem wir beschlossen haben, unsere eigene Parade zu veranstalten?«, fragte Peggy.

»Und ob.« Diese Idee hatte zu ihren wenigen Erfolgen gehört. Peggys zwei ältere Geschwister waren dabei gewesen, und dann hatte sich Chad mit seinen Freunden ihnen angeschlossen. Peggy schwenkte die amerikanische Fahne, während Lindy eine Spielzeugtrommel schlug. Schon bald kamen einige der anderen Nachbarskinder angerannt, um sich an dem Spaß zu beteiligen. Viel Publikum hatten sie nicht, aber das war ihnen egal.

»Und weißt du noch, wie du entschlossen warst, meine Haare zu glätten?«, fragte Peggy. »Lindy hat ein Bügeleisen benutzt«, sagte sie an Jayne gewandt, »und meine Haare komplett versengt.«

Lindy schnaubte vor Lachen fast ihren Latte aus. Hinterher hatte sie sich schrecklich gefühlt, und da sie dachte, es würde helfen, hatte sie Peggys Haare fast vollständig abrasiert. Dann ließ sie sich von Peggy die Haare abrasieren, damit sie gleich aussahen. Schon in diesem jungen Alter wusste sie also, dass Kosmetikschule nicht ihr Ding war.

Nachdem sie sich die Tränen aus den Augen gewischt hatte, erkundigte Lindy sich: »Lebst du hier in Wenatchee?«

»Peggy ist Chefredakteurin der Zeitung *Wenatchee Alive*«, erwiderte Jayne. »Und sie macht einen exzellenten Job.«

»O mein Gott, ich darf gar nicht daran denken, dass du deine Karriere mit mir als Assistenzredakteurin begonnen hast«, witzelte Lindy.

»Bei Jayne klingt das so, als würde ich für die *New York Times* schreiben. Es ist ein Lokalblatt mit einem kleinen, aber engagierten Team.«

»Was ist mit dir?«, fragte Peggy. »Erzähl mir nicht, dass du hier in Wenatchee lebst und es trotzdem so lange gedauert hat, bis wir uns wiedersehen.«

Lindy schüttelte den Kopf. »Ich wohne in Seattle und bin über Weihnachten zu Hause.«

»Wie lange bleibst du in der Stadt?«

»Fast zwei Wochen, es sei denn, ich bekomme vorher ein Feedback bezüglich eines Vorschlages, den ich eingereicht habe. Aber das ist eher unwahrscheinlich.«

»Zwei Wochen. Perfekt. Denk doch nur daran, was wir in dieser Zeit alles anstellen können.«

»Du solltest heute Abend mit uns mitkommen«, sagte Jayne, dabei sah sie Peggy an, die eifrig nickte.

»Was ist denn heute Abend?«

»Mädelsabend«, entgegnete Jayne.

»Wir gehen auf ein paar Drinks in die Wine Press.«

»Ist das ein neues Lokal in der Stadt?« Bei ihrem letzten Besuch im Sommer hatte es noch kein Restaurant mit diesem Namen gegeben.

»Es wurde vor ein paar Monaten eröffnet. Das neue In-Lokal, ein toller Laden.«

»Und die Weinauswahl ist erstklassig«, fügte Jayne hinzu.

»Der Eigentümer hat hauptsächlich Weine aus dem Staat Washington auf der Karte. Es ist erstaunlich, wie viele gute Weine von hier kommen.«

Lindy wusste, dass Washington der größte Wein produzierende Staat außerhalb von Kalifornien war. Es überraschte sie nicht zu erfahren, dass die Wine Press auf heimische Weine setzte. Das war ein kluger Schachzug, der zudem die hiesige Wirtschaft unterstützte.

»Oder hast du schon etwas anderes vor?«, fragte Jayne. Sie schien sich aufrichtig zu wünschen, dass Lindy sich ihnen anschloss.

»Nichts Wichtiges. Ich würde eure Freundinnen sehr gerne kennenlernen.«

»Du wirst Chloe treffen«, sagte Peggy zu ihr. »Sie ist Supervisor bei Costco.«

Sie unterhielten sich hervorragend. Noch während sie zusammensaßen, rief Peggy bei der Wine Press an und reservierte für sechs Uhr an diesem Abend einen Tisch.

Als Lindy von ihren Besorgungen zurückkam, war ihre Mutter schon wieder da. Sie musste gelächelt haben, als sie zur Tür hereinkam, denn ihre Mutter sagte: »Wie es aussieht, hattest du einen unterhaltsamen Nachmittag.«

»Du wirst nicht glauben, wen ich zufällig getroffen habe, während ich unterwegs war. Peggy Scranton! Wir haben vorhin von ihr gesprochen, weißt du noch?«

»Peggy Scranton«, wiederholte ihre Mutter langsam. »Das ist ja wunderbar. Ihr beide wart damals so gute Freundinnen.«

»Peggy hat mich für heute Abend zu einem Mädelsabend eingeladen. Peggy ist Single, Jayne auch, aber Chloe ist verheiratet.« Lindy freute sich darauf, Zeit mit Peggys Freundinnen zu verbringen. Da sie lange Stunden an dem Projekt für die Ferguson-Gruppe gearbeitet hatte, war sie seit einer Ewigkeit nicht mehr aus gewesen. Obwohl sie seit Jahren nicht mehr mit Peggy gesprochen hatte, kam es ihr so vor, als wären sie nie getrennt gewesen. Sie waren sofort wieder in die ungezwungene Freundschaft von früher verfallen.

»Ich erinnere mich noch daran, dass du und Peggy unzertrennlich wart«, riss ihre Mutter Lindy aus ihren Gedanken.

»Sie war eine der besten Freundinnen, die ich je hatte.«

Als Lindy sich an diesem Abend für das Treffen mit Peggy und ihren Freundinnen in der Wine Press fertig machte, hielt sie kurz inne, um ihr Nachtschränkchen zu öffnen. Sie nahm das Tablett mit dem Brief heraus, den sie in der vorigen Nacht an Santa geschrieben hatte. Unter anderem hatte sie Santa gebeten, ihr eine neue beste Freundin zu bringen.

»Ich muss schon sagen, Santa. Du bist gut. Du bist wirklich, wirklich gut.«

5

Als Lindy eintraf, saßen Peggy, Jayne und Chloe schon am Tisch. Peggy winkte sie herüber, und der Kellner brachte eine Flasche Wein, entkorkte sie und füllte die vier Gläser.

»Der Wein geht auf mich«, sagte Peggy, bevor jemand Einwände erheben konnte. »Ich habe meine beiden besten Freundinnen bei mir, und ich habe Lindy wiedergetroffen. Das ist doch ein Grund zum Feiern.«

Sie stießen an. Peggy hatte ihnen einen süffigen Rotwein mit wenig Tannin ausgesucht, der sich hervorragend trinken ließ. Lindy betrachtete das Etikett und kam zu dem Schluss, dass eine oder zwei Flaschen ein ausgezeichnetes Weihnachtsgeschenk für ihren Dad abgeben würden, der genauso gerne Rotwein trank wie Lindy selbst.

Alle Tische ringsum waren besetzt. Peggy hatte recht gehabt. Das Restaurant lief ziemlich gut. Da sie zu viert waren, mangelte es ihnen nicht an Gesprächsthemen. Der Kellner kam zurück und fragte nach ihren Wünschen für die Vorspeise.

»Wir haben noch gar nicht geschaut, können wir noch ein paar Minuten haben?«, bat Peggy.

»Selbstverständlich. Lassen Sie sich Zeit.«

Als Lindy die Speisekarte studierte, brauchte sie nicht lange, um sich für Humus und Pitabrot zu entscheiden. Sie musste etwas im Magen haben, bevor sie noch mehr Wein trank. Peggy bestellte den Krabbendip, und Jayne und Chloe beschlossen, sich die gegrillten Garnelen zu teilen.

Ein paar Minuten später erschien ihr Kellner und nahm die Bestellungen entgegen. Lindy orderte zum Essen einen weiteren Rotwein, diesmal von einem anderen Weingut.

»Eine ausgezeichnete Wahl«, lobte der Kellner.

Erst als Lindy dem jungen Mann die Speisekarte zurückgab, fiel ihr der Name des Eigentümers und Managers auf. Will Kincade.

»Du weißt, wer das ist, nicht wahr?«, fragte Peggy.

Lindy war nicht bewusst gewesen, dass sie den Namen laut ausgesprochen hatte. Sie schüttelte den Kopf und runzelte die Stirn. »Du meinst doch wohl nicht Billy Kincade, oder?«

»Genau den.«

Lindy war geschockt. Der Billy, den sie kannte, war ein Albtraum gewesen. Ein Raufbold, den sie aus tiefster Seele verabscheut hatte. Dass er weggezogen war, war das Beste, was ihr in der zweiten Klasse passiert war.

»Billy war total verknallt in Lindy«, erklärte Peggy Jayne und Chloe.

»Wenn an den Haaren ziehen und mich terrorisieren darauf hindeutet, mich zu mögen, kann ich mir nicht vorstellen, was er getan hätte, wenn er mich als Bedrohung empfunden hätte.«

»Vielleicht weißt du noch, dass ich ihn einmal verdroschen habe, um dich zu verteidigen«, erinnerte Peggy sie.

Das hatte Lindy völlig vergessen, aber jetzt sah sie es wieder vor sich. »An diesem Tag warst du meine Heldin.«

»Billy ist erst vor Kurzem in die Stadt zurückgekehrt«, sagte Peggy, die offenbar gut Bescheid wusste. »Wie ich hörte, war er vorher in Yakima.«

»Erinnerst du dich außerdem noch an jemanden aus der zweiten Klasse?«, fragte Jayne. »Ich hab alles vergessen, was so lange her ist.«

»Das ist ja gerade das Verrückte«, sagte Lindy eifrig und ein wenig beschwingt vom Wein. »Es ist total unwirklich.«

»Was meinst du?«

Lindy schüttelte den Kopf, um ihn wieder klar zu bekommen. »Als ich gestern hier ankam, brachte meine Mutter mir diesen Karton mit Briefen, die ich als kleines Mädchen an Santa geschrieben hatte. Ich hatte seit einer Ewigkeit nicht mehr an Billy gedacht, aber in einem der Briefe kommt er vor.«

»Wir sollten Billy bitten, an unseren Tisch zu kommen«, schlug Peggy vor. Bevor Lindy protestieren konnte, winkte sie dem Kellner. »Ist Mr. Kincade zu sprechen?«, fragte sie ihn.

Der Kellner zeigte sich augenblicklich besorgt. »Stimmt etwas mit dem Essen nicht, meine Damen?«

»Nein, nein, alles bestens. Wir kennen ihn von der Schule her. Sagen Sie ihm, Lindy Carmichael ist hier.«

»Peggy«, mahnte Lindy mit einem leisen Stöhnen. »Ich wünschte, du hättest das nicht getan.«

»Holen Sie bitte Will«, beharrte Peggy.

Der Kellner nickte. »Ich werde sehen, ob er zur Verfügung steht.«

»O bitte«, sagte Lindy in dem Bemühen, ihn aufzuhalten, »das ist nicht nötig. Ich bin sicher, dass er sich nicht mehr an mich erinnert.«

»Du hast Santa wegen Billy einen Brief geschickt?«, fragte Jayne. »Was hast du denn geschrieben?«

Das alles war mehr als nur ein bisschen peinlich. »Ich habe Santa mitgeteilt, Billy verdient wirklich keine Geschenke, und er soll ihm stattdessen einen Strumpf voll Kohlen bringen.«

Die drei lachten.

»Das war fies von mir, aber Billy hatte mich in der Schule so unfassbar schikaniert, und ich schätze, das war die einzige Art, es ihm heimzuzahlen, die mir damals einfiel.«

Sie hatte die Worte kaum ausgesprochen, als ein Mann mit einem freundlichen Lächeln an ihren Tisch trat. Er beugte sich vor und stützte die Hände auf die Rückenlehnen von Jaynes und Chloes Stühlen.

Lindy blieb der Mund offen stehen. Es war tatsächlich Billy Kincade, derselbe Billy Kincade aus ihrer Jugend. Wie sie da so sicher sein konnte, war ihr schleierhaft. Aber tief in ihrem Inneren hegte sie nicht den geringsten Zweifel.

Weil es Lindy die Sprache verschlagen hatte, ergriff Peggy das Wort. »Du erinnerst dich doch noch an Lindy, oder?«

Seine Augen hefteten sich mit einer solchen Intensität auf sie, dass sie sich innerlich krümmte.

»Und du warst ihre glühende Beschützerin, wenn ich mich recht erinnere«, sagte Billy und grinste Peggy an. »Schön, euch beide zu sehen.«

»Ich freue mich auch«, erwiderte Peggy.

Lindy hob den Kopf. »Hallo, Billy.«

Sie musste zugeben, dass sich Billy Kincade zu einem Prachtexemplar von Mann entwickelt hatte. Er maß gut einen Meter achtzig. Sein Oberkörper und seine muskulösen Arme wiesen darauf hin, dass er gut in Form war. Seine Augen waren tiefbraun; spiegelten die Farbe ihrer eigenen Augen wider. Seine Haare waren an den Seiten kurz geschnitten und oben lang, zu einem hippen Männerdutt gebunden.

»Wusstest du, dass Lindy deinetwegen Santa Claus

einen Brief geschrieben hat, als sie in der zweiten Klasse war?«, fragte Chloe.

Lindy wäre in diesem Moment am liebsten im Erdboden versunken. Sie bereute, den Brief je erwähnt zu haben.

»Ach, hast du das?« Billys gesamte Aufmerksamkeit konzentrierte sich auf sie. Ein Lächeln spielte um seinen sinnlichen Mund.

»Du warst nicht gerade mein Lieblingsmensch«, murmelte sie.

Billy verschränkte die Arme vor der Brust und lächelte auf Lindy hinunter. »Und was könnte ich getan haben, um mir deinen Zorn zuzuziehen?«, fragte er, als könnte er sich an keine einzige Kränkung erinnern, die er ihr zugefügt hatte.

Lindy war überzeugt, dass er sich durchaus erinnerte. »Du weißt ganz genau, was du getan hast, Billy Kincade.«

»Erzähl ihm, was du in deinem Brief an Santa geschrieben hast«, drängte Jayne.

Lindy hatte kein Interesse daran, ihren peinlichen kindischen Wutanfall zu beichten. »Das ist doch lächerlich. Billy möchte das gar nicht hören.«

»Oh, und ob ich das will«, konterte er.

Sie hätte vorhin besser den Mund gehalten. Da ihr keine andere Wahl blieb, gestand sie: »Ich habe Santa gebeten, dir einen Strumpf voll Kohlen zu bringen, weil du genau das verdient hattest.«

»In welchem Jahr war das?«, erkundigte er sich stirnrunzelnd.

Lindy sagte es ihm. Sie war in der zweiten Klasse gewesen und er ein viel größerer Viertklässler.

Seine Augen wurden groß. »Nun, Lindy, was soll ich sagen: Dein Wunsch wurde definitiv erfüllt. Das war das Jahr, in dem mein Vater die Familie verlassen hat. Es gab kein Weihnachten für Dede und mich. Mom hat uns zu ihren Eltern nach Yakima geschafft.«

»O nein.« Lindy fühlte sich schrecklich. »Das tut mir wirklich leid.«

Billys Lächeln war freudlos. »Ach was, das ist lange her. Außerdem habe ich wahrscheinlich Kohlen statt Geschenke verdient, also passt das schon. Wenn ihr mich jetzt entschuldigen wollt.« Er wandte sich ab und ging, und Lindy verspürte den überwältigenden Drang, ihm zu folgen und um Verzeihung zu bitten.

6

So fest Lindy Freitagnacht geschlafen hatte, so ruhelos wälzte sie sich in der von Samstag auf Sonntag hin und her. Das furchtbare Weihnachten, das Billy in jenem verhängnisvollen Jahr durchlebt hatte, ging ihr nicht aus dem Kopf. Es war mehr als lächerlich zu glauben, ihr Brief hätte irgendetwas mit dem zu tun, was ihm und seiner Familie zugestoßen war. Zwar konnte es nicht sein, dass sie in irgendeiner Weise verantwortlich war, aber Lindy konnte nicht aufhören, daran zu denken, wie der Zehnjährige gelitten haben musste. Ein Kind seines Alters konnte schwerlich verstehen, warum sein Vater gegangen war.

Als Lindy endlich einschlief, kreisten ihre Träume um Billy Kincade und sie selbst als Kinder. Sie beschwerte sich gehässig bei Santa über ihn, und Santa versprach, Billy das Leben zur Hölle zu machen. Lindy erwachte schweißgebadet, als ihre Mutter an ihre Schlafzimmertür klopfte.

»Bist du wach?«, fragte sie, öffnete die Tür und spähte herein.

»Ja.« Lindy setzte sich im Bett auf und rieb sich den

Schlaf aus den Augen. Sie war jetzt hellwach und dankbar, aus ihrem Albtraum gerissen worden zu sein.

»Es ist Zeit für die Kirche«, teilte ihre Mutter ihr mit.

»Ich dachte, Kirche ist um elf.« Das war die traditionelle Zeit für den Gottesdienst, solange sie denken konnte.

»Der Pfarrer hält einen zusätzlichen früheren Gottesdienst ab, der uns lieber ist. Dein Dad sagt, Pastor Dean kann nicht überziehen, wenn ein zweiter direkt auf den ersten folgt.«

»Okay, dann eben der frühe.« Lindy schlug die Bettdecke zurück.

»Ich habe gestern vergessen, dir von der Terminänderung zu erzählen. Und dann haben Dad und ich schon geschlafen, als du nach Hause gekommen bist. Hoffentlich hattest du Spaß mit Peggy und ihren Freundinnen.«

»Absolut.« Nachdem sie die Wine Press verlassen hatten, war sie noch für ein paar Stunden bei Peggy gewesen, und sie war weit nach Mitternacht nach Hause gekommen. Ihre Freundschaft wieder aufzufrischen war genau der Kick, den ihre Weihnachtsstimmung gebraucht hatte. Sie lachten über alte Geschichten, und nachdem sie weitere ihrer früheren Eskapaden hatten wieder aufleben lassen, kamen sie zu dem Schluss, dass es wahrscheinlich eine gute Sache war, dass Peggy damals weggezogen war. Der Himmel allein wusste, was für Schwierigkeiten sie bekommen hätten, wenn sie in der Mittelschule und der Highschool so weitergemacht hätten.

Nach einer Tasse Kaffee und einer raschen Dusche war Lindy bereit, mit ihren Eltern zur Kirche zu gehen.

Als sie das Haus verließ, bemerkte sie eine Schüssel mit Sauerteig auf der Küchentheke. Ihr Dad hatte ihn am Abend zuvor zubereitet, so wie er es getan hatte, als sie noch zu Hause wohnte. Sauerteigbrötchen und jetzt Sauerteigpfannkuchen. Lindy liebte es, zu Hause zu sein.

Die Kirche war genau das, was sie brauchte, um sich aus der düsteren Stimmung zu reißen, die sich nach ihrem Traum über sie gelegt hatte. Menschen zu sehen, die sie fast ihr ganzes Leben lang gekannt hatte, hob ihre Lebensgeister ebenso sehr wie das Singen der traditionellen Weihnachtslieder. Dies war der letzte Gottesdienst vor der Christmette. Pastor Deans Predigt handelte von Vergebung und der Notwendigkeit, Kränkungen hinter sich zu lassen, was just das war, was Lindy hören musste. Sie schloss die Augen, verzieh Celeste und Brian, und obwohl es ihr schwerfiel, wünschte sie ihnen sogar Glück.

Nach der Kirche brachte ihr Dad dampfende Pfannkuchen auf den Tisch, und Lindy lud sich begeistert vier kleine auf ihren Teller und löffelte warmen Ahornsirup darüber, bis die klebrige Köstlichkeit dort eine Pfütze bildete. Beau nahm in der Hoffnung, jemand würde sich erbarmen und seinen Schinken mit ihm teilen, seinen Platz unter dem Tisch ein. Lindy wusste, dass ihre Mutter eine Schwäche für den Hund hatte, und sah, wie Ellen ihm ein Stück zusteckte.

»Wie war das Essen in der Wine Press?«, fragte ihre Mutter. »Dad und ich hatten vor, mal hinzugehen, aber bislang hat es sich nicht ergeben.«

Lindy wusste, wie viel ihr Vater zu dieser Jahreszeit zu tun hatte, und war nicht sonderlich überrascht. »Die Vorspeisen waren super, und die Weinauswahl sowohl bezüglich der Sorten als auch der Preise beeindruckend.« Angesichts der Tatsache, wie voll das Restaurant gewesen war, bestand kein Zweifel daran, dass es ein Erfolg werden würde. »An dem Abend gab es nur einen Punkt auszusetzen.«

»Oh? War der Service nicht gut?«

»Er war ausgezeichnet. Ich habe nur zufällig den Eigentümer und Manager getroffen, und du wirst nie erraten, wer das ist.«

»Ich werde es gar nicht erst versuchen. Sag es mir.«

»Billy Kincade.«

»Billy Kincade?«, wiederholte ihre Mutter, als wäre sie genauso geschockt wie Lindy, den Namen zu hören. »Doch nicht derselbe Billy, den du in deinem Brief an Santa genannt hast?«

»Genau der. Als ich seinen Namen vorn in der Speisekarte gesehen habe, war ich blöd genug, diesen dummen Brief zu erwähnen. Und dann, ehe ich sie daran hindern konnte, bat Peggy den Kellner, Billy an unseren Tisch zu holen …« Sie berichtete, was sie über sein furchtbares Weihnachten damals erfahren hatte.

»Bei dir klingt das, als wäre es deine Schuld, dass sein Vater die Familie verlassen hat«, sagte ihr Dad und nahm sich einen weiteren Pfannkuchen.

»Genauso fühle ich mich, und bevor du etwas sagst, ich weiß, dass das lächerlich ist. Aber ich konnte letzte Nacht kaum schlafen, und als ich dann eingeschlafen bin, hatte ich Albträume.«

»Billy war nicht böse, als du ihm von dem Brief erzählt hast, oder?«

»Himmel, nein. Aber wie er über dieses Weihnachten sprach! Als wäre das die schlimmste Zeit seines Lebens gewesen.«

»Du könntest ihm Plätzchen backen«, schlug ihre Mutter vor, als würden Plätzchen Lindy von jeder Restschuld freisprechen.

»Mom, ich glaube nicht, dass Weihnachtsplätzchen helfen werden.«

Ihr Dad schüttelte den Kopf. »Unterschätz die Lebkuchenplätzchen deiner Mutter nicht, süße Knallerbse.«

Lindy kicherte, aber eigentlich fand sie die Idee gar nicht so schlecht. Das Rezept ihrer Großmutter für Lebkuchenplätzchen würde Billys Schmerz nicht vertreiben. Sie wusste das, aber dennoch war Backen etwas, was sie tun konnte, um ihm eine kleine Aufmerksamkeit zukommen lassen. Sie hatte keine Pläne für den

Nachmittag. Für später am Abend hatte Peggy vorgeschlagen, dass sie ins Kino gingen. Lindy freute sich darauf, mehr Zeit mit ihrer lange verloren geglaubten Freundin zu verbringen, und hatte sofort zugestimmt.

Es war erstaunlich, wie schnell Lindy den Kontakt zu ihrer Freundin wiedergefunden hatte. Es fühlte sich an wie in den alten Zeiten. Nach dem Kino tranken sie bei Peggy ein Glas Wein und brachten einander auf den neuesten Stand. Lindy erzählte von der Situation bei Media Blast und ihrer Entschlossenheit, in Seattle Erfolg zu haben. Sie war immer ehrgeizig gewesen, aber derzeit war sie regelrecht eine Getriebene. Fast vom ersten Tag an hatte sie sich wie eine Außenseiterin gefühlt. Erst nach dem ersten Monat hatte sie erfahren, dass Laurie, die seit fünf Jahren bei der Firma war, sich ebenfalls um die Stelle beworben hatte. Da sie meinten, ihre Kollegin wäre übergangen worden, lehnte der Rest des Teams Lindy ab. Als Folge davon verspürte diese das erdrückende Bedürfnis, sich und ihre Qualifikationen bei jeder Gelegenheit unter Beweis zu stellen. Nach einem weiteren Glas Wein enthüllte sie auch die schmutzige Geschichte über Celeste und Brian.

Im Gegenzug erfuhr Lindy, dass Peggy auch Kummer hinter sich hatte. Sie war verheiratet gewesen und hatte sich scheiden lassen, nachdem ihr alkoholsüchtiger Mann erst Tausende Dollar Schulden aufgehäuft und sich dann aus dem Staub gemacht und es Peggy überlassen hatte, mit den Gläubigern fertigzuwerden. Es hatte Jahre gedauert, bis sie alles abbezahlt hatte.

Montagnachmittag stand Lindy, kaum hatte die Wine Press geöffnet, mit einem großen Teller Lebkuchenplätzchen vor der Tür, die sie Sonntag gebacken hatte. Ihre Mutter hatte sie in ihrem Vorhaben bestärkt und gesagt, das mit den Plätzchen sei eine nette Geste. Außerdem sah Billy mit seinem markanten Kiefer und den muskulösen Schultern wirklich unverschämt gut aus.

Peggy war sogar der Ansicht, Billy könnte immer noch in Lindy verliebt sein, und witzelte, dass er vielleicht versuchen würde, sie wieder so zu jagen, wie er es getan hatte, als sie in der Grundschule waren. Lindy hatte kichernd gestanden, in dem Fall würde sie sich gern von ihm fangen lassen.

Nette Geste oder nicht, Lindy war ziemlich nervös. Die Hostess, eine junge, attraktive Frau Anfang zwanzig, begrüßte sie mit einem freundlichen Lächeln. »Einen Tisch für eine Person?«, fragte sie.

»Eigentlich bin ich hier, um Billy Kincade zu sehen. Ist er zu sprechen?«

»Meinen Sie Will?«

»Ich kenne ihn als Billy, aber ja, ich schätze, er nennt sich jetzt Will.«

»Würden Sie mir Ihren Namen sagen?«

»Natürlich. Ich bin Lindy Carmichael. Wir sind …

alte Freunde.« Das war übertrieben, aber es klang gut. Sie lächelte in der Hoffnung, dadurch glaubhaft zu wirken.

»Wenn Sie hier warten wollen, sehe ich nach, ob Mr. Kincade Zeit hat.«

»Danke.« Der kurze Wortwechsel minderte Lindys Nervosität nicht. Den Bruchteil einer Sekunde lang erwog sie, wieder zu gehen. Es wäre entsetzlich peinlich, wenn Billy sie wegschicken ließe und sie mit ihren Plätzchen wieder abziehen müsste.

Sie war erleichtert und angespannt zugleich, als die Hostess mit Billy zurückkam. Er blickte auf den Teller in ihrer Hand und hob fragend die Brauen.

»Lindy?«, sagte er erstaunt. »Was kann ich für dich tun?«

Sie hielt ihm den Teller hin. Ihr war es unangenehm, dass die Hostess ihr Gespräch mit anhörte. Schlimm genug, dass Billy ungeduldig wirkte. »Ich habe Plätzchen gebacken, weil ich mich entschuldigen will«, sagte sie. Inzwischen wollte sie nur noch, dass er ihr den Teller abnahm, damit sie wieder gehen konnte.

»Entschuldigen?«, fragte er. »Wofür denn?« Er machte keine Anstalten, nach dem Teller zu greifen.

Mit einem Seitenblick auf die Hostess beugte sie sich vor und flüsterte: »Für diesen Brief an Santa.«

Billys Gesicht verzog sich zu einem breiten Grinsen. »Du machst Witze, oder?«

»Also, ehrlich gesagt, nein.«

»Komm mit ins Büro. Ich könnte sowieso eine Pause brauchen. Und bring diese Plätzchen mit.«

Er durchquerte das Restaurant und überließ es ihr, ihm zu folgen, was sie natürlich tat. Sein Büro war vollgestellt, der Computer eingeschaltet. Er holte einen weiteren Stuhl und ließ sie kurz alleine.

Als er zurückkam, brachte er zwei Kaffeebecher mit, und sie setzten sich einander gegenüber an seinen Schreibtisch. Billy betrachtete die Lebkuchenplätzchen anerkennend, zog die Frischhaltefolie zurück und nahm sich eines. »Das war nicht nötig, aber trotzdem danke. Zufällig sind das meine Lieblingsplätzchen. Es ist Jahre her, seit ich zuletzt selbst gebackene bekommen habe.«

»Grandmas Rezept ist unschlagbar.« Sie nahm sich auch eines.

»Du kannst mich jedes Jahr bei Santa anschwärzen, wenn das heißt, dass du mir solche Plätzchen backst«, zog er sie auf.

Sein Humor bewirkte, dass sie sich entspannte. »Mit der Wine Press machst du einen großartigen Job«, sagte sie, um das Gespräch in Gang zu halten. »Das Lokal ist wirklich toll, ich höre nur Gutes.«

»Es würde ganz sicher noch besser laufen, wenn ich diese Website eingerichtet und zum Laufen kriegen würde.« Er funkelte seinen Computer so finster an, als würde er dem Gerät die Schuld an seinen Problemen geben.

»Du machst das selber?«

»Ja. Du wirst nicht glauben, was diese Webdesigner einem berechnen.«

Lindy verkniff sich ein Grinsen. »Und, wie kommst du voran?«

»Überhaupt nicht. Ich dachte, wenn ich ein paar Bücher lese, sollte ich in der Lage sein, über WordPress eine brauchbare Website zu erstellen. Ich meine, wie schwer kann das denn sein? Aber ich habe feststellen müssen, dass es nicht so einfach ist, wie es klingt.«

»Soll ich mir mal ansehen, was du bislang gemacht hast?«

Er schaute sie fragend an. »Wieso das denn?«

»Na ja, ich verdiene mit Webdesign meinen Lebensunterhalt. Schon mal was von Media Blast gehört?«

Er nickte. »Die führende Webmarketingfirma in Seattle. Von denen habe ich mir gar nicht erst einen Kostenvoranschlag geholt, weil ich wusste, dass sie mein Preislimit weit überschreiten würden.«

»Ich arbeite für sie. Und ich würde mir wirklich gern ansehen, was du bislang hast, und dich dann beraten«, erbot sie sich. Sie war dankbar für die Gelegenheit, mehr zu tun, als ihm Plätzchen zu backen.

»Vorher müsste ich deinen Stundensatz kennen.«

»Du hast Glück«, erwiderte sie vergnügt. »Der Preis ist mehr als fair. Ich mache es umsonst.«

Er schüttelte den Kopf. »Das kann ich nicht annehmen.«

»Also gut, wie wäre es dann mit einem Gutschein für ein Dinner und Wein für meine Eltern zu Weihnachten?«

»Abgemacht.« Er sprang auf, damit sie vor seinem Computer Platz nehmen konnte.

Lindy brauchte nicht lange, um zu erkennen, dass die Website grafisch ganz gut war, Billy aber einiges an Datenverarbeitungs-Know-how fehlte. Er ließ sie alleine, kam später wieder und ging auf und ab, spähte ihr immer wieder misstrauisch über die Schulter. Es dauerte jedoch nicht lange, und er hatte sich überzeugt, dass Lindy wusste, was sie tat. Sie zeigte ihm ein paar einfache Tricks, dann ging er vor ins Lokal, und sie machte sich wieder an die Arbeit.

»Brauchst du irgendetwas?«, fragte er, als er später zurückkam.

Lindy konnte die Mittagsgäste im Restaurant hören. »Nein, danke.« Sie wandte den Blick nicht vom Bildschirm ab. Erst einige Zeit später bemerkte sie, dass Billy ihr ein Sandwich hingestellt hatte. Sie biss immer mal davon ab, ohne wirklich zu registrieren, wonach es schmeckte.

Billy schaute hin und wieder nach ihr und ging wieder. Er fragte, wie sie vorankam, und verzog sich, als sie, ohne aufzublicken, mit der Hand wedelte und ihm versicherte, dass alles glatt lief und sie nichts brauchte. Lindy war in ihrem Element.

Ihre Mutter rief an, um sich zu erkundigen, ob Lindy

zum Abendessen zu Hause sein würde. Erschrocken stellte sie fest, dass es schon nach fünf war. »Heb mir eine Portion auf. Ich weiß noch nicht, wie lange ich brauche«, sagte sie, nachdem sie erklärt hatte, wo sie war und was sie tat. Von Toilettenpausen und den paar Malen, die sie aufgestanden war, um sich ein bisschen zu strecken, war sie vollkommen auf ihre Arbeit konzentriert.

Um sieben bestand Billy darauf, dass sie Schluss machte. »Ich bin fast fertig«, widersprach sie.

»Morgen ist auch noch ein Tag.«

Obwohl sie nicht aufhören wollte, musste sie ihm recht geben. Ihre Augen brannten, weil sie so lange auf den Monitor gestarrt hatte, und ihr Rücken hatte zu schmerzen begonnen.

»Komm mit«, sagte Billy und rollte sie kurzerhand mit dem Stuhl vom Schreibtisch weg.

»Wo gehen wir hin?« Sie stand auf, beugte sich vor und berührte ihre Zehen, um ihren Rücken zu dehnen.

»Du stellst zu viele Fragen.« Billy griff nach ihrer Hand. Er führte sie durch die Restaurantküche und in ein kleines Zimmer. Auf dem festlich gedeckten Tisch in der Mitte des Raums lag ein Weihnachtsgesteck aus Stechpalmenzweigen, in dessen Mitte eine Kerze brannte.

Billy zog den Stuhl vor und lud Lindy ein, Platz zu nehmen. Kaum dass sie saßen, brachte ihnen derselbe Kellner, der am Samstagabend Lindy und ihre neuen Freundinnen bedient hatte, zwei Tellerchen mit Salat.

»Was ist das?«, fragte sie und beugte sich so weit zu Billy vor, dass sich die Tischkante in ihren Magen bohrte.

»Der Salat des Hauses«, sagte Billy.

»Ich meine das hier.« Sie streckte den Arm aus und deutete durch den Raum. »Du lädst mich zum Dinner ein?«

Er bedachte sie mit einem jungenhaften Grinsen. »Das ist das Mindeste, was ich tun kann, Lindy. Du hast stundenlang an meiner Website gearbeitet.«

»Aber Dinner in deinem privaten Esszimmer?«

Er blickte sich suchend um, als würde es ihn überraschen, dass sie alleine waren. »Sieht so aus.«

Lindy kam sich sehr bedeutend vor, in diesem Raum sein zu dürfen. »Wow. Aber ich liebe meine Arbeit, und das vorhin hat mir total Spaß gemacht.«

»Ich bin dir trotzdem für deine Hilfe wahnsinnig dankbar.«

»So, jetzt erzähl mal, wie lange bist du schon im Restaurantgeschäft?«, forderte Lindy ihn auf.

»Seit ich sechzehn bin.« Billy beugte sich vor und sah sie liebevoll an. »Ich habe bei einem Freund meines Großvaters, der ein Lokal in Yakima besaß, als Tellerwäscher angefangen und mich hochgearbeitet. Ich hab alles gemacht, was in der Küche so anfiel. Earl, der Freund meines Großvaters, hat mir so ziemlich alles beigebracht, was man über das Führen eines Restaurants wissen muss. Ich werde ihm immer dankbar dafür sein, dass er mich unter seine Fittiche genommen hat. Ich hatte im Lauf der Jahre noch andere Lehrmeister, denen ich Dank schulde, aber Earl ist der wichtigste. Was ist mit dir? Wie bist du zum Webdesign gekommen?«

Lindy war immer gut in Mathematik und Naturwissenschaften gewesen, und nun hatte sie eben ein Diplom in Informatik. Webdesign und -Grafik waren später dazugekommen. Der kreative Teil des Jobs hatte es ihr angetan, weshalb sie bei Media Blast gelandet war. Ohne groß ins Detail zu gehen, beschrieb sie ihre Arbeit.

»Du liebst wirklich, was du machst, nicht wahr?«

»Ja«, bestätigte sie. »Und falls meine Vorschläge für ein laufendes Projekt ausgewählt werden, dann habe ich gegenüber dem Team meinen Wert unter Beweis gestellt.«

Er runzelte die Stirn. »Du musst deinen Wert unter Beweis stellen?«

»Ich bin bei meiner Einstellung einer Frau vorgezogen worden, die schon mehrere Jahre bei der Firma war und damit gerechnet hatte, dass die Stelle an sie geht. Sie und der Rest des Teams haben mich nicht gerade freundlich aufgenommen.« Was sie für sich behielt, waren die Überstunden, die sie gemacht hatte, und die Wochenenden, an denen sie ins Büro gegangen war, alles in dem Bemühen, dem Management zu beweisen, dass es die richtige Entscheidung gewesen war, ihr den Job zu geben.

»Ich bewundere dein Durchhaltevermögen«, sagte Billy.

»Bei Media Blast wollte ich schon immer arbeiten. Da werde ich mich keinesfalls von ein paar missgünstigen Kollegen vertreiben lassen.«

»Richtig so.«

Lindy fand, das Gespräch hatte sich lange genug um sie gedreht. Sie wollte mehr über Billy erfahren. »Wie lustig, dass ich dich wiedergetroffen habe, vor allem, nachdem Mom mir diese albernen Briefe an Santa gezeigt hat.«

»Willst du damit andeuten, dass du mich vergessen hattest?«

»Nicht vergessen! Sagen wir, du bist kurzzeitig meinen Gedanken entglitten.«

»Jetzt sitzen wir hier zusammen, Lindy, und ich bin froh, dich zu sehen.«

Die Intensität seiner Worte und die Art, wie er sie ansah, trieben ihr das Blut in die Wangen. »Danke, Billy. Ich freue mich auch, dich wiederzusehen.«

Selten hatte Lindy jemandes Gesellschaft mehr genossen. Die Unterhaltung plätscherte ungezwungen von einem Thema zum nächsten, von ihrer Arbeit bis hin zu ihren jeweiligen Familien.

»Du sagst, du bleibst die nächsten zwei Wochen hier?«, fragte Billy, als sie die Dessertlöffel beiseitelegten. »Mir hat der Abend gefallen. Was hältst du davon, dass wir uns noch einmal treffen? Aber wir müssen halbwegs spontan sein. Das Restaurant hat für mich absolute Priorität. Ich hoffe, das stört dich nicht. Hast du Lust?«

»Klingt prima.« Sie hatte zwei Wochen, um sich zu entspannen und Spaß zu haben. Es kam gar nicht infrage, dass sie sich eine solche Gelegenheit entgehen ließ.

»Wie denkst du über einen Ausflug nach Leavenworth übermorgen?«

»Klingt wunderbar«, erwiderte sie.

7

Am nächsten Morgen konnte Lindy nicht aufhören, an ihr romantisches Dinner mit Billy zu denken. Sein Personal nannte ihn Will, aber für sie würde er immer Billy sein. Der Abend war herrlich gewesen, sie hatte ihre Unterhaltung genossen und war berührt, weil er ernsthaft an ihr und ihrer Arbeit bei Media Blast interessiert zu sein schien. Damit hob er sich deutlich von den anderen Männern ab, die sie gedatet hatte – nicht dass sie beide ein Date hatten oder etwas in der Art – und die fast immer nur von sich gesprochen hatten, um Eindruck zu schinden, wie sie annahm.

Es überraschte sie, wie viel Billy von ihr und ihrer Familie wusste. Er hatte gegrinst, als er sagte: »Die Strafpredigt, die mir die Schuldirektorin gehalten hat, werde ich wahrscheinlich mein Lebtag nicht vergessen.«

Sie berichtete von ihrer Verzweiflung, als er keinen Tag hatte verstreichen lassen, ohne sie an den Haaren zu ziehen.

Genau wie sie hatte Billy nie geheiratet, und obwohl er nicht darüber sprach, hegte sie den starken Verdacht, dass es da im Lauf der Jahre mehr als eine Frau gegeben hatte. Attraktiv und interessant wie er war, lag der Schluss nahe.

Als sie in die Küche kam, fand Lindy dort ihre Mutter vor, die mit der Lokalzeitung und einer Tasse Kaffee am Tisch saß.

»Tut mir leid wegen gestern Abend«, entschuldigte sich Lindy und erzählte, dass sie mit Billy gegessen hatte. Als sie sich eine Tasse holte, tanzte sie regelrecht durch den Raum und fühlte sich ein bisschen überdreht. Es war lange her, seit sie dieses ungetrübte Glück empfunden hatte. Und man stelle sich vor, dass das ausgerechnet an Billy Kincade lag. Sie schlug eine Hand vor den Mund und lachte. Nie im Leben hätte sie gedacht, dass er mal ihr Herz höherschlagen lassen würde.

»Das macht gar nichts, Liebes«, versicherte ihre Mutter ihr. »Konntest du Billy mit seiner Website helfen?«

Lindy nickte und goss sich Kaffee ein. In ihrem Kopf überschlugen sich die Ideen, welche Details sie noch hinzufügen würde. »Ich hoffe, du hast nichts dagegen, wenn ich heute Morgen daran weiterarbeite«, sagte sie und hoffte sehr, dass ihre Mutter nichts für sie beide geplant hatte. Schließlich war es die Ferienzeit, und sie hatten vorher endlos über gemeinsames Shoppen und Backen gesprochen.

»Ich habe nichts eingeplant«, sagte ihre Mutter mit genug Überzeugungskraft, dass Lindy ihr glaubte.

»Ich meine, wenn du lieber …«

»Es ist dein Urlaub. Die freie Zeit, für die du das ganze Jahr gearbeitet hast. Du solltest sie so verbringen, wie du das willst. Geh nur und hilf Billy. Ich bin sicher, er freut sich.«

»Aber Weihnachten ist unsere Zeit und …«

»Schluss jetzt.« Ihre Mutter lächelte Lindy an. »Nach dem Jahr, das du hinter dir hast, möchte ich nur, dass du dich amüsierst, und wenn es dir Spaß macht, an einer Website für Billy zu arbeiten, dann nur zu.«

Jetzt war vermutlich der beste Zeitpunkt, seine Einladung zu erwähnen.

»Morgen ist sein freier Tag, und Billy hat vorgeschlagen, dass wir den Nachmittag in Leavenworth verbringen. Ich hoffe, du hast nichts dagegen, dass ich mitfahre.« Es wäre ein weiterer Tag, für den ihre Mutter Pläne gemacht haben könnte, von denen sie nichts wusste.

»Lindy, bitte mach, was du willst, und hab Spaß. Du kannst sicher sein, dass du mich nicht enttäuschst.«

»Wirklich nicht?«

»Lindy, wann habe ich schon einmal nicht das gesagt, was ich denke?«

Sie grinste. Ihre Mutter hatte noch nie mit ihrer Meinung hinter dem Berg gehalten.

»Ich bin froh, dass du Peggy und auch Billy wiedergetroffen hast. Und jetzt mach dir keine Gedanken mehr.«

Sie hatte Seattle in gedrückter Stimmung verlassen. Nie im Leben hätte sie mit dem Wiedersehen mit Peggy und der unverhofften Begegnung mit Billy Kincade gerechnet. Von dem Moment an, als sie diese alten Briefe an Santa gelesen hatte, so kam es ihr vor, war die graue Welt plötzlich leuchtend rot und grün geworden – die Farben von Weihnachten.

»Danke, Mom.«

Ihre Mutter blickte von der Zeitung auf. »Nichts zu danken, Liebes.«

Als sie bei der Wine Press ankam, öffnete ihr dieselbe junge Hostess, die sie am Tag zuvor begrüßt hatte. Das Restaurant hatte noch geschlossen, und es herrschte hektisches Treiben; die Kellner deckten gerade die Tische ein. Auch in der Küche wurde eifrig gearbeitet. Die Düfte, die zu ihr herüberwehten, überzeugten sie davon, dass der Latte, den sie sich auf dem Weg geholt hatte, nicht lange reichen würde.

»Sie sind wieder da«, sagte die Hostess. »Will wusste nicht genau, wann Sie kommen würden. Im Moment ist … jemand bei ihm. Ich bin sicher, er hätte nichts dagegen, wenn Sie direkt in sein Büro gehen.«

Jemand ist bei ihm? Lindy runzelte die Stirn. Die Art, wie die junge Frau zögerte, als wäre sie nicht sicher, ob sie verraten sollte, wer gerade die Zeit ihres Arbeitgebers in Anspruch nahm, irritierte sie.

Als Lindy auf dem Weg zu seinem Büro im Slalom um die Tische herumging, sah sie Billy an der Bar lehnen. Wie es aussah, war er in ein angeregtes Gespräch mit einer Frau vertieft, die ihr vage bekannt vorkam. Eine schöne Frau.

Nicht ihre Angelegenheit, entschied Lindy und wandte entschlossen den Blick ab.

In Billys Büro setzte sie sich an seinen Computer und loggte sich mit den Informationen ein, die er ihr gegeben hatte. Sie hatte gerade mit der Arbeit begonnen, als ihr Handy summte.

Peggy rief an. »Hallo«, sagte sie, als Lindy sich meldete. »Hast du heute Abend schon was vor?«

»Was steht denn an?«

»Ein paar von uns gehen heute auf eine Essensschnitzeljagd. Willst du mitkommen?«

»Eine was?« Lindy hatte von etwas Derartigem noch nie gehört.

»Ich erkläre es dir später. Sei um sechs bei mir.«

»Muss ich irgendwas mitbringen?«

»Eine Flasche Wein und etwas Kleines zum Verschenken.«

Lindy grinste. Sie hatte keine Ahnung, was eine Essensschnitzeljagd war, aber es klang nach Spaß, und dafür war sie immer zu haben. »Ich werde da sein.«

»Bis dann.«

Lindy beendete das Gespräch, gerade als Billy sein Büro betrat. »Tut mir leid, dass du warten musstest. Ich habe mit meiner Schwester gesprochen. Du erinnerst dich doch an Dede, oder?«

Lindy hatte eine schwache Erinnerung an sie. Sie war auch bei ihnen auf der Schule gewesen.

»Sie war ein paar Klassen über dir. Ich weiß noch, dass du eine Schwester hast, aber ich glaube nicht, dass wir uns je unterhalten haben.« Sie lächelte zu ihm hoch.

»Als ich beschlossen habe, die Wine Press zu eröffnen, hatte ich mit ein paar Herausforderungen zu kämpfen. Ohne Dede und ihren Mann hätte ich es nicht geschafft, vor allem nicht, nachdem …« Der Satz blieb unvollendet.

Lindy wollte gerade nachfragen. Bevor sie dazu kam, fragte Billy: »Konntest du das mit morgen Nachmittag mit deiner Mom abklären?«

»Ja, sie hat nichts dagegen.«

»Prima.«

Sein Lächeln hätte ausgereicht, um eine mittlere Kleinstadt mit Strom zu versorgen. Es dauerte einen Moment, bevor sie die Kraft aufbrachte, den Blick abzuwenden. Es überraschte sie, wie schnell es dazu gekommen war, dass er ihr unablässig im Kopf herumging. Sie schlief mit dem Gedanken an ihn ein, und er war das Erste, woran sie dachte, wenn sie aufwachte und sich darauf freute, Zeit mit ihm zu verbringen.

Als Lindy bei Peggy ankam, waren Chloe und Jayne schon da, und die Party konnte beginnen. Das Ganze war Peggys Idee gewesen. Die beiden anderen Frauen schienen ebenso im Dunkeln zu tappen wie Lindy.

Lindy legte ihr kleines Geschenk auf den Stapel zu den anderen und reichte Peggy die Flasche Weißwein. Es war einer, den ihr Vater ihr empfohlen hatte.

Peggy trug ein schelmisches Grinsen zur Schau, und Lindy konnte nicht umhin, sich zu fragen, was ihre verrückte Freundin wohl im Schilde führte. Schon als sie Kinder waren, war Peggy diejenige mit der blühenden Fantasie gewesen, und Lindy war ihr fröhlich bei allem gefolgt. Ihre Kindheit war glücklich gewesen, und Peggy hatte einen nicht unerheblichen Anteil daran gehabt. Dieses neueste Abenteuer verriet ihr, dass Peggy sich nicht verändert hatte. Sie war witzig, kreativ und für jeden Quatsch zu haben.

»Okay, sind alle bereit?«, fragte Peggy aufgeregt. Sie rieb sich die Hände, als könnte sie es kaum erwarten, dass der vergnügliche Abend, den sie geplant hatte, endlich begann.

»Zu jeder Schandtat bereit!« Lindy wechselte einen Blick mit den anderen beiden Frauen.

Peggy verteilte an jede ein zusammengefaltetes Blatt Papier. »Okay, lest eure Hinweise. Ihr habt dreißig Minuten, um das Rätsel zu lösen und dann den entsprechenden Gang unseres Menüs zu beschaffen. Vergesst nicht, ihr habt nur eine halbe Stunde. Wer als Erste zurück ist, bekommt einen Preis, und die Letzte … nun, lasst es mich so ausdrücken: Ihr wollt nicht die Letzte sein.«

Lindy wartete, bis die anderen beiden Freundinnen

von Peggy ihre Bögen in den Händen hielten, bevor sie ihren auseinanderfaltete und das Rätsel las.

Rosen sind rot. Veilchen sind blau.
Das Dessert, meine Beste, ist deine Schau.
Mach es gut, und verlier nicht den Mut.
Kein Gouda, kein Cheddar. Dies hier schmeckt besser.
Es ist ein Kuchen, den viele nicht backen. Und dreißig
Minuten sitzen dir im Nacken.

Es fiel Lindy nicht schwer, sich zusammenzureimen, dass sie einen Käsekuchen besorgen musste. Was für eine ausgefallene, originelle Idee für ein Abendessen. Auf Peggy war Verlass.

»Der Hauptgang ist ein Schmortopf. Wenn ihr zurückkommt, habe ich den Wein geöffnet und den Tisch gedeckt. Wer zuerst wieder da ist, darf sich zuerst ein Geschenk aussuchen.«

»Und die Letzte?«, fragte Jayne.

»Die Letzte muss die Küche aufräumen.«

Alle drei stöhnten, als sie sich dort umblickten. Peggy hatte anscheinend jeden vorhandenen Topf im Haus benutzt. Aufgeregt stürmten sie zur Tür hinaus.

Lindy fuhr zu ihrer Lieblingsbäckerei, doch beim Anblick der Schlange im Innenraum gab sie Gas und fuhr weiter. Natürlich war die Bäckerei ihre erste Wahl, aber sie hätte eh unverschämtes Glück gehabt, wenn so spät am Tag überhaupt noch ein Käsekuchen übrig gewesen wäre. Sie blickte auf die Uhr. Schon fünf Minuten vergeudet.

Ihr nächster Halt war Cosco. Die hatten immer Käsekuchen vorrätig, aber der Parkplatz war voll. Sie hätte es wissen müssen. Es war Ferienzeit und außerdem Weihnachten. Jeder deckte sich gerade mit Lebensmitteln ein.

Als Nächstes steuerte sie den örtlichen Lebensmittelladen an, stürmte zur Backwarenabteilung und stellte fest, dass kein Käsekuchen mehr da war.

Dann fiel ihr zum Glück ein, dass die Wine Press welchen auf der Dessertkarte hatte. Sie griff nach ihrem Telefon und rief über die Freisprechanlage im Restaurant an. Die Hostess vom Morgen meldete sich.

»Hier ist Lindy … Könnte ich wohl mit Billy sprechen?«, fragte sie, blickte auf die Uhr und fürchtete, mit einem Preisaufschlag rechnen zu müssen. Wahrscheinlich hatten sie gerade alle Hände voll zu tun.

Es dauerte eine Ewigkeit, bevor er am Apparat war. »Lindy?«

»Ich brauche vier Stück Käsekuchen. Und zwar sofort.«

»Gibt es einen Käsekuchennotfall, von dem ich nichts mitbekommen habe?«

»Es geht um eine Essensschnitzeljagd. Peggys Idee. Wenn ich nicht innerhalb der nächsten paar Minuten Käsekuchen habe, muss ich einen riesigen Berg Geschirr spülen. Kann ich von dir welchen kriegen?« An diesem Punkt spielte Geld keine Rolle mehr. Alles, was zählte, war, dass sie vor Jayne und Chloe mit dem Dessert zurückkam.

»Klar.«

Lindy sah wieder auf die Uhr. »Mir bleiben weniger als zwölf Minuten, um mit dem Kuchen bei Peggy aufzuschlagen.«

»Wo bist du jetzt?«, fragte er.

Sie sagte es ihm.

»Ich komme dir auf halber Strecke entgegen.« Er nannte ihr den Namen einer Schule, es war dieselbe Schule, die sie als Kinder besucht hatten. »Wir treffen uns auf dem Parkplatz beim Baseballfeld.«

»Du meinst, das gibt es noch?«

»Soweit ich weiß, ja. Ich glaube, ich bin vor Kurzem daran vorbeigefahren.«

»Du würdest dein Restaurant im Stich lassen, um mir schnell den Käsekuchen zu bringen?« Ihr war schwindelig vor Freude, da sie wusste, dass dies der einzige Weg war, es innerhalb der festgesetzten dreißig Minuten zurück zu Peggy zu schaffen.

»Aber immer. Ich komme, so schnell ich kann …«

Lindy fuhr zur Mission View Elementary School, bog auf den Parkplatz ein und hielt an. Keine zwei Minuten später lenkte er sein Auto neben ihres, stieg aus, und Lindy, der nicht bewusst war, wie nah er bei ihr stand, schlug ihm ihre Wagentür gegen den Bauch.

Billy schnappte nach Luft und krümmte sich.

»O nein. Billy, es tut mir so leid. Hast du dir wehgetan?« Sie fühlte sich schrecklich; schlug die Hände vor den Mund, wartete, dass er sich aufrichtete.

Sein Atem ging flach. »Ich bin okay«, sagte er mit zusammengebissenen Zähnen.

»Bist du nicht«, sagte sie erschrocken, fürchtete fast, ihn entmannt zu haben.

Doch er hatte sich schon gefasst und reichte ihr den Karton mit dem Käsekuchen.

»Was schulde ich dir?«

»Das geht aufs Haus.«

»Aber …«

»Du hast mir einen Gefallen getan, und ich revanchiere mich.« Er klang immer noch nicht wie er selbst.

»Du bist doch verletzt«, beharrte sie. »Was kann ich tun, um zu helfen?«

»Lindy, mir fehlt nichts. Das kam nur vollkommen unverhofft.«

»Du bist verletzt.«

»Überhaupt nicht. Du solltest dich jetzt sputen, sonst spülst du Geschirr.«

»Stimmt. Bist du sicher, dass du keine Schmerzen hast?«

Er zog drohend die Brauen hoch. »Geh jetzt.«

»Na gut. Danke!« Trotzdem zögerte sie noch; fürchtete, dass er nur behauptete, okay zu sein. Sie wartete, bis er in seinem Auto saß, bevor sie losfuhr.

Lindy war drei Minuten vor der vereinbarten Zeit wieder in Peggys Apartment. Jayne traf fast zur selben Zeit ein, war ihr aber ein paar Stufen voraus. Es stellte sich heraus, dass Jayne für die Vorspeise verantwortlich war: chinesische Frühlingsrollen. Chloe kam eine oder zwei Minuten später als Lindy. Sie hatte das Rätsel für den Salat bekommen: Waldorf, was Sinn ergab, da er Äpfel enthielt, das Haupterntegut von Chelan County. Wie die beiden es geschafft hatten, ihre Aufgabe in der knapp bemessenen Zeit zu lösen, war Lindy schleierhaft, wenn sie bedachte, wie schwierig es für sie gewesen war, den Käsekuchen zu beschaffen.

Peggy empfing sie in der Küche. Der Tisch war mit Weihnachtstellern und Servietten gedeckt. Sobald das Essen auf dem Tisch stand, begann der Spaß: Bei Weißwein und unter viel Gelächter erzählten sie einander von ihren Abenteuern. Peggys eigener Beitrag zu dem Dinner war Tacosuppe, so dass das Ganze wirklich international war.

»Waldorfsalat?«, beschwerte sich Chloe. »Also wirklich, Peggy. Hättest du dir nicht etwas weniger Schwieriges ausdenken können?«

»Wo in Gottes Namen hast du den denn herbekommen?«, fragte Lindy.

Peggy lachte. »Ihre Mutter ist berühmt für ihren Waldorfsalat. Ich dachte, da Weihnachten vor der Tür steht, hat sie bestimmt welchen für die Familie gemacht.«

»Ja, und ich habe ihn geklaut, was bedeutet, dass ich wahrscheinlich enterbt werde. Wenn ich deinetwegen mein Erbe einbüße, Peggy, werde ich dir das nie verzeihen.«

Lindy erzählte von ihrer eigenen verrückten Suche nach dem Dessert. Sie beschrieb, wie Billy ihr geholfen und sie ihm die Autotür in den Bauch geschmettert hatte. »Ich habe Angst, ich könnte ihm ernsthaft wehgetan haben. Aber da er ein harter Kerl ist, würde er das natürlich nie zugeben.«

»Wir sollten später nach ihm sehen«, schlug Peggy vor.

Lindy stimmte zu.

Das Dinner verlief vergnügt. Stundenlang saßen sie an Peggys Tisch, unterhielten sich und lachten. Lindy kam es so vor, als würde sie Peggys zwei Freundinnen schon ewig kennen. Sie machten sie zu einem Teil ihrer lustigen Truppe und waren bereit, sie als Freundin zu akzeptieren.

Dann musste Chloe nach Hause zu ihrem Mann und den Kindern, und Jayne musste ins Bett, denn am nächsten Morgen fing sie früh an zu arbeiten. Lindy war die Letzte, die sich verabschiedete.

»Du willst immer noch bei Billy vorbeischauen und dich vergewissern, dass er okay ist?«, fragte Peggy.

»Ich denke, das sollte ich machen.«

»Ich komme mit.«

Sie fuhren mit zwei Autos. Der Parkplatz der Wine

Press war so spät am Abend nicht mehr voll, aber im Barbereich herrschte noch ziemlicher Betrieb.

Billy stand hinter dem Tresen und redete mit ein paar Leuten über Weine. Als er Lindy und Peggy sah, verzog sich sein Gesicht prompt zu einem Grinsen. Er bedeutete ihnen, zu ihm an den Tresen zu kommen.

Sie hatten das Glück, zwei freie Barhocker nebeneinander zu ergattern. Billy löste sich aus der Gruppe, mit der er geplaudert hatte, und kam auf Peggy und Lindy zu, legte Servietten vor sie auf die Theke. »Was kann ich für euch tun?«

»Ich bin gekommen, um zu sehen, ob du nicht doch eine Verletzung davongetragen hast«, sagte Lindy.

»Mir geht es gut«, erwiderte er, was ihm die Aufmerksamkeit der anderen Leute im Barbereich eintrug.

»Du hast eine Autotür abgekriegt.«

»Mir geht es gut«, wiederholte er.

Lindy war nicht überzeugt. »Bist du sicher?«

Billy schüttelte den Kopf und seufzte laut in Richtung der Leute zu beiden Seiten von Peggy und Lindy. »Alle zusammen«, sagte er und hob wie ein Dirigent die Hand, nur ohne Taktstock.

Wie aus einem Mund ertönte es am Tresen:

»Es geht ihm gut.«

8

Billy kam vorbei, um Lindy für die kurze Fahrt nach Leavenworth abzuholen. In ihrer Kindheit waren ihre Eltern jedes Jahr mit ihr zum Oktoberfest, einem der größten im Land, in dieses deutsche Städtchen gefahren. Das Weihnachtsfest dort war sogar noch beeindruckender.

Während der Feiertage kamen Menschen aus allen Teilen der Welt dorthin, um die Atmosphäre zu genießen. Selbst das Fernsehen hatte schon darüber berichtet. Die Geschichte hinter der Stadt hatte Lindy immer schon fasziniert. Vor vielen Jahren war Leavenworth in finanziellen Schwierigkeiten gewesen, und um zu verhindern, dass die kleine Stadt in den Ausläufern der Cascade Mountains zu einer Geisterstadt wurde, beschloss der Stadtrat kurzerhand, Leavenworth komplett neu zu erfinden. Der Erfolg übertraf alles, was sie sich vorgestellt hatten.

Lindys Mutter begrüßte Billy an der Tür, während Lindy ihren Mantel und ihre Tasche holte. »Meine Güte, Billy.« Ellen schüttelte ungläubig den Kopf, als sie ihn ansah. »Du bist so groß geworden.«

»Mom, als du Billy das letzte Mal gesehen hast, war er zehn. Es ist normal, dass er gewachsen ist.«

»Aber über eins achtzig?«

»In unserer Familie sind alle groß.« Billy wechselte einen belustigten Blick mit Lindy.

»Ich glaube, wir müssen los«, sagte Lindy, bevor ihre Mutter noch peinlicher wurde und vielleicht sogar jenen unseligen Brief an den Weihnachtsmann erwähnte.

»Dann ab mit euch«, sagte ihre Mutter mit einem amüsierten Grinsen. »Viel Spaß, ihr zwei, und macht euch wegen der Zeit keine Gedanken.«

»Ja, Mom.« So, wie ihre Mutter sich verhielt, hätte man denken können, Lindy wäre noch in der Highschool und müsste normalerweise um zehn zu Hause sein.

Zu ihrer Überraschung griff Billy nach ihrer Hand, als sie zu seinem Auto gingen. Nicht, dass sie etwas dagegen hatte. Die warmen Gefühle, die diese schlichte Geste in ihr auslöste, waren nicht wirklich unangenehm.

Sowie sie in seinem viertürigen Truck saßen, bemerkte Lindy, dass Billy ihr die Sitzheizung eingeschaltet hatte. Für die höheren Lagen war Schnee vorhergesagt worden, was hieß, dass es wahrscheinlich sowohl in Leavenworth als auch in Wenatchee schneien würde.

»Ich habe für heute Abend einen Tisch bei Berghoff's reserviert«, sagte er auf dem Highway, als würde es dazu lediglich eines Anrufs bedürfen.

»Ich glaub's nicht.« Das deutsche Restaurant war oft Monate im Voraus ausgebucht, vor allem zu dieser Jahreszeit. Das Essen war sagenhaft.

»Der Besitzer ist ein Freund von mir«, erklärte Billy. »Er hat ein bisschen getrickst, um uns reinzuschieben. Die Reservierung ist für sechs Uhr, was perfekt zu dem passen sollte, was ich für den Tag geplant habe.«

Billy war also vorbereitet, zumindest sah es ganz danach aus. »Und was, bitte schön, hast du geplant?«

Er wandte den Blick kurz von der Straße ab, um sie anzusehen. »Das Übliche. Eine Fahrt mit einem Pferdeschlitten, einen Besuch bei Santa Claus.«

»Einen Besuch bei Santa Claus? Du machst Witze.«

»Nö. Weil du ihm als Kind so oft geschrieben hast, stehst du doch anscheinend auf der Liste seiner Lieblingsmenschen. Ich dachte mir, du würdest bestimmt gerne noch einmal auf seinem Schoß sitzen und ihm erzählen, was du dir zu Weihnachten wünschst.«

»Sehr komisch. Ich bin zu alt, um mit Santa zu schäkern«, sagte sie und erinnerte sich dann an ihren letzten Brief an den alten Knaben, in dem sie um eine neue beste Freundin gebeten hatte. Die Tinte auf dem Papier war kaum trocken, da hatte sie schon Peggy wiedergetroffen. Und das war noch nicht alles. Sie war Billy begegnet, nachdem sie Santa gebeten hatte, ihr einen netten, anständigen Mann zu schicken.

»Zu alt für Santa?«, neckte Billy sie. »Ist man je zu alt für Santa?«

»Du hast recht«, stimmte sie zu. »Vielleicht ist es doch keine so schlechte Idee, Santa Claus zu besuchen.« Aus einem Impuls heraus lehnte sie den Kopf gegen Billys Schulter. Sie wusste, dass dieser Tag ein Dankeschön für ihre Arbeit an der Website der Wine Press war und nicht mehr. Eine Beziehung mit Billy würde über diese zwei Wochen hinaus nicht funktionieren, was sie bedauerte. Sie hatte ihr Leben in Seattle, und er war Restaurantbesitzer in Wenatchee. Die Wochenenden, wenn sie frei hatte, waren bei ihm die hektischsten Tage der Woche. Er konnte nicht einfach nach Seattle fahren, um mit ihr zusammen zu sein. Und wenn sie in den Ferien zu ihm konnte, konzentrierte sich seine Aufmerksamkeit auf sein Geschäft.

Es war entschieden besser für sie, die Anziehungskraft herunterzuspielen, die er auf sie ausübte. Sogar Billy schien zu verstehen, dass ihre gemeinsame Zeit nur zwei Wochen andauern konnte; alles, was über Weihnachten hinausging, würde bloß Probleme machen.

Trotzdem würde ein Urlaubsflirt mit Sicherheit ihre Stimmung heben. Das Zusammensein mit Billy half ihr, die beinahe erloschene Flamme der Hoffnung in ihrem Herzen wieder anzufachen. Mehr durfte aus der Sache nicht werden. Locker zu bleiben wäre das Beste für sie beide.

Als Billy in die schmale Gasse hinter dem deutschen Restaurant einbog, musste sie zugeben, dass er beste Verbindungen in der Stadt hatte. Er parkte hinter dem

Berghoff's auf einem Stellplatz, den sein Freund für ihn reserviert hatte. In der kleinen Stadt gab es nur wenig kostbaren Parkraum, und wer mit dem Auto kam, musste bis zur Stadtmitte oft weit zu Fuß gehen.

Gerade als er den Motor abstellte, begann es zu schneien; Flocken schwebten von einem grauen Himmel herab. Lindy kletterte aus dem Truck, blickte auf und spürte, wie einige davon auf ihrer Nase landeten.

»Weißt du noch, wie wir als Kinder Schneeflocken mit der Zunge aufgefangen haben?«, fragte Billy.

»O ja.« Sie liebte Schnee. In Seattle schneite es nicht oft. Schnee drei Tage vor Weihnachten war ein seltenes Vergnügen.

Als sie auf die Fußgängerzone einbogen, war es nicht weiter überraschend, dass sie sofort in Touristenmassen stecken blieben. Etliche der winzigen Läden in der Straße hatten jemanden angeheuert, der draußen stand, um die Kunden im Geschäft zu zählen. Das war aufgrund der Brandschutzverordnung zwingend notwendig. Dass man vor dem Einkauf ein bisschen warten musste, schien die Festtagsstimmung in keiner Weise zu dämpfen. Straßenhändler priesen lautstark Röstkastanien, Kaffeespezialitäten, dampfende Becher mit heißer Schokolade und hausgemachte Donuts an.

Der Zug aus Seattle pfiff, als er in das Städtchen einfuhr. Viele Touristen von der Westseite der Berge nahmen gern diesen Zug, rundete er doch den Tagesausflug stilvoll ab.

Die riesige Uhr in der Stadtmitte läutete melodisch, während der Schnee träge auf sie herabrieselte und eine weiße Schicht auf den Schultern von Lindys leuchtend rotem Mantel hinterließ.

»Als Erstes zu den Pferdeschlitten«, sagte Billy und griff nach ihrer behandschuhten Hand. Wie schon zuvor löste die Berührung Wärme in ihr aus. Sie ignorierte die frühere Warnung, ihr Herz zu schützen; war wild entschlossen, jede Minute mit Billy zu genießen.

Die Schlange bei den Pferdeschlitten war lang. Lindy zählte ungefähr zwanzig Pärchen vor ihnen. Sie störte sich nicht daran. Alle schienen in fröhlicher Feiertagslaune zu sein. Eine Gruppe nach viktorianischer Mode gekleideter Weihnachtssänger kam singend vorbei. Lindys Aufmerksamkeit konzentrierte sich auf den Zug, der schwerfällig auf den Bahnhof zurumpelte und dort zum Stehen kam.

Ihr Blick folgte den Passagieren, als sie ausstiegen. Wie sie vermutet hatte, befanden sich zahlreiche Familien darunter. Eltern mit kleinen Kindern, die darauf brannten, die Stadt zu erkunden. Die Kids sprangen auf den Bahnsteig, wuselten laut und aufgeregt herum. Die Weihnachtssänger standen bereit, um sie mit einem Lied zu begrüßen. Ein kleines Mädchen, das nicht älter als fünf oder sechs sein konnte, starrte mit großen, staunenden Augen zu dem prächtig kostümierten Quartett hoch.

Billy, der hinter ihr stand, legte die Hände auf Lindys

Schultern, als die Schlange, in der sie standen, ein Stück vorrückte. Die Romantik dieses Ausflugs entging ihr nicht.

»Jetzt dauert es nicht mehr lange«, flüsterte Billy direkt an ihrem Ohr. Vor ihnen standen nur noch zwei Paare.

Als sie sich umdrehte, um ihn anzulächeln, streifte ihr Blick den Bahnsteig und das kleine Mädchen. Dann erregte etwas hinter dem Kind ihre Aufmerksamkeit. Lindys Augen weiteten sich, als sie Brian und Celeste aus dem Zug steigen sah.

Das konnte doch nicht wahr sein!

Wie groß war die Wahrscheinlichkeit, dass die beiden zur selben Zeit in Leavenworth waren wie sie? Sie musste mitansehen, wie Brian Celeste beim Aussteigen die Hand reichte. Er war immer ein Gentleman gewesen … bis er dann eben keiner mehr war. Ein Schauer überlief sie. Sie hatte angenommen, weil sie ihnen verziehen hatte, würde sich dieses Gefühl von Verlust und Betrug nicht mehr wie ein Tritt in den Magen anfühlen. Sie holte tief Atem und weigerte sich, auch nur einen weiteren Gedanken an die beiden zu verschwenden.

»Ist dir kalt?«, fragte Billy.

Er musste gespürt haben, dass sie erstarrte. »Ein bisschen«, erwiderte sie nur und wandte den Blick ab, fest entschlossen, sich nicht von Celeste und Brian den Tag verderben zu lassen. Wenn sie sie mit Billy sahen, umso besser. Das würde ihnen zeigen, dass sie nach vorne schaute und ihr Leben weiterging. Was ja stimmte.

Billy rieb ihr über die Arme. »In ein paar Minuten sitzen wir unter dicken Wolldecken«, sagte er.

»Jetzt sind wir bald dran«, stimmte sie zu, als die Schlange wieder ein Stück nach vorne rückte.

Als sie an der Reihe waren, hielt Billy, der zuerst hinaufgestiegen war, ihr eine Hand hin, die sie dankbar ergriff. Sowie sie saß, zog er die schwere Decke über ihren Schoß und legte den Arm um sie.

Wärme durchströmte sie, aufgrund der Decke, aber auch wegen der Nähe zu Billy. Wie aufmerksam und fürsorglich er war! Die Kutsche bog in ein kleines Waldstück ab. Die Hufe der Pferde wirbelten frisch gefallenen Schnee auf, Weihnachtsmusik umwehte sie und ebbte dann langsam ab, als sie tiefer in den Wald fuhren.

Ihr Kutscher trieb die Pferde mit einem Zügelschnalzen an. »Seid ihr zwei zum ersten Mal in der Stadt?«, fragte er.

Billy sah Lindy an, damit sie antwortete. »Nein. Es ist aber unsere erste Schlittenfahrt.«

»Schön, dass Sie Ihren Schatz bei sich haben.«

»Sehr schön«, entgegnete Billy, dabei lächelte er Lindy an.

Von dem Glühen in seinen Augen fasziniert, erwiderte sie das Lächeln und schmiegte sich enger an ihn.

Die Wartezeit war länger gewesen, als die Fahrt selbst sein würde, vermutete Lindy. Aber das machte nichts. Die wenigen Minuten im Wald waren magisch. Alles war so, wie Weihnachten sein sollte. Billy an ihrer Seite und sein Arm schützend um sie gelegt. Die Nadelbäume, die den Weg säumten und deren Äste sich unter der Schneelast bogen, schufen ein zauberhaftes Winterwunderland. Der Gesang der Weihnachtssänger schwoll wieder an, als sie sich dem Ausgangspunkt näherten.

Als sie um die letzte Kurve bogen, bemerkte Lindy, dass Brian und Celeste in der Schlange standen, aber nicht nah genug, als dass die beiden sie und Billy schon gesehen hätten. Sie wollte ihnen lieber nicht begegnen.

»Du frierst schon wieder«, stellte Billy fest.

Als der Schlitten auf den Aussteigepunkt zuhielt, drehte sie sich um und sah Billy an. »Würdest du etwas für mich tun?«

»Sicher. Was denn?«

»Würdest du mich küssen?«

Billy lächelte breit und zögerte nicht einen Moment. Er umschloss ihr Gesicht mit seinen Händen und senkte den Mund behutsam auf ihren.

Lindy war sich nicht sicher, was sie erwartet hatte, als sie mit ihrer Bitte herausgeplatzt war. Fest stand nur, dass es nicht die intensiven Gefühle waren, die von ihr Besitz ergriffen. Zuerst waren Billys Lippen kalt, verständlicherweise, da sie bei Minusgraden durch den

Wald gefahren waren. Doch sein Mund wurde schnell warm, als er den Kuss vertiefte. Hitze durchflutete sie, als sie sich ihm öffnete und die Arme hob, um die Hände auf seine Schultern zu legen. Sie gab sich dem Kuss hin, neigte den Kopf und verlor sich in der Magie des Augenblicks – dem Gefühl, in Billys Armen zu liegen, als hätte sie schon immer dorthin gehört.

Als sie sich voneinander lösten, waren sie zu nichts anderem fähig, als einander anzustarren; beide waren sie über die Intensität des Kusses erschrocken. Als der Schlitten zum Stehen kam, sah sie Leute klatschen, hörte Rufe und Beifall. O Gott, die Leute meinten sie beide damit.

Wie schon zuvor stieg Billy zuerst aus und war dann ihr behilflich. Sowie sie wieder auf festem Boden stand, konnte sie nicht widerstehen und spähte zu der Schlange hinüber. Sie konnte nur hoffen, dass Celeste und Brian Zeugen eines Kusses geworden waren, der weitaus besser gewesen war als jeder, den sie von Brian je bekommen hatte. Ein Lächeln umspielte ihren Mund, als sie sich bei Billy einhakte.

»Lindy.«

Celeste rief ihren Namen, und als Lindy sich umdrehte, konnte sie sehen, dass sie es schon bereute. Ihre ehemals beste Freundin senkte verlegen den Kopf.

»Celeste«, sagte sie und nickte dann Brian zu. »Die Schlittenfahrt ist wahrscheinlich das Romantischste, was ich seit Jahren gemacht habe. Ihr werdet sie genießen. Viel Spaß noch.« Mit diesen Worten wandte sie sich ab und ging mit Billy weg.

Sie waren noch nicht weit gekommen, als er stehen blieb und Lindy ansah.

»Willst du mir verraten, was das eben war?«

Sie spielte mit dem Gedanken, sich dumm zu stellen, und erkannte dann, dass das nicht funktionieren würde. Nicht bei Billy. »Die beiden in der Schlange waren meine frühere beste Freundin und mein Exfreund.«

»Also das hat dich veranlasst, mich um einen Kuss zu bitten?«

Scham stieg in ihr auf, als ihr bewusst wurde, dass sie Billy für ihre kleine Racheaktion benutzt hatte.

»Wie lange ist die Trennung von diesem Typ her?«, fragte er. Seine Stimme klang tief und schroff.

»Sechs Monate. Er ist mit meiner früheren Mitbewohnerin zusammengezogen, die ich für meine beste Freundin gehalten habe«, gab sie zu und sagte dann: »Entschuldige bitte. Ich hätte dich nicht benutzen sollen. Es war falsch von mir, aber ich wollte, dass die beiden sehen, dass ich mein Leben weiterlebe.«

»Ich verstehe dich, Lindy, und zwar besser, als du ahnst. Ich bin auch öfter von Menschen enttäuscht worden, denen ich vertraut habe. Eine schmerzhafte Lektion. Tut mir leid, dass du das durchmachen musstest.«

Sie hoffte, dass er sie wirklich verstand. »Dich zu bitten, mich zu küssen, schien mir vorhin eine gute Idee zu sein, aber im Rückblick …« Sie brach ab; wusste nicht, wie sie fortfahren sollte.

»Im Rückblick was?«, hakte er nach.

»Also schön.« Sie stieß einen tiefen Seufzer aus. »Ich sag dir das jetzt einfach: Dieser Kuss war …« Sie hatte Mühe, die richtigen Worte zu finden. »… war der beste aller Zeiten.«

»Der beste? Aller Zeiten?«

»Besser als der beste. Er war wundervoll. Ich habe dich vielleicht aus den falschen Gründen gebeten, mich zu küssen, aber Billy, wow. Dieser Kuss hat etwas mit meinem Herzen angestellt.« Sie legte eine Hand auf ihre Brust, wollte, dass er sah, dass sie das Gesagte wirklich auch so meinte.

»Du meinst, so was wie Herzstiche?«

»Nein«, erwiderte sie lachend.

»Der Kuss hat dir gefallen?«, erkundigte sich Billy.

»Nach allem, was ich gesagt habe, fragst du ausgerechnet das?«

Er zuckte die Achseln. »Na ja, dass es um einen anderen ging, hat mein Ego angeknackst.«

Lindy lächelte und war froh, ehrlich gewesen zu sein. »Was hältst du denn von unserem Kuss?« Sie konnte nicht widerstehen.

Er zuckte die Schultern. »Er war nicht schlecht.«

»Was?!« Empört versetzte sie ihm einen Stoß in die Rippen.

Billy täuschte überzeugend vor, ernstlich verletzt

worden zu sein. »Okay, wenn du es unbedingt wissen musst, der Kuss war verdammt spektakulär, obwohl ich es noch besser kann, wenn ich die Gelegenheit dazu bekomme.«

Lindy schlang den Arm um seine Taille. »Dann werde ich dafür sorgen, dass du diese Gelegenheit bekommst.«

»Klingt gut.« Er streifte mit den Lippen ihre Stirn.

9

»Wohin als Nächstes?«, fragte Lindy.

»Wie wäre es mit Kakao und einem heißen Donut?«

»Ich könnte einen Kaffee vertragen.«

Während Lindy durchs Schaufenster in ein Hutgeschäft spähte, holte Billy ihnen Kaffee. Mindestens zwanzig oder dreißig Leute warteten auf eine Chance, in den winzigen Laden zu gelangen, um die Unikate an Kappen, Hauben und Mützen aufzuprobieren.

Billy gesellte sich zu ihr, und sie hatten das Glück, auf dem Rand eines Springbrunnens einen Sitzplatz zu finden. Nach dem ersten Schluck blinzelte Lindy die Tränen zurück. »Mein Gott, ist der stark.«

»Ich dachte, das wäre mein Kuss gewesen.«

Sie lächelte, als sie auf den dampfenden Einwegbecher hinunterblickte. »Ja, der auch.«

»Wusste ich's doch.«

Männer und ihre Egos! Es fühlte sich wundervoll an, wieder zu lachen. Sollte sie Brian und Celeste noch ein zweites Mal über den Weg laufen, würde es sie nicht stören. Dieser Nachmittag mit Billy war genau das, was ihr Herz brauchte.

Nachdem sie ihren Kaffee ausgetrunken hatten, nahm Billy ihre Hand und führte sie zum Haus von Santa Claus.

»Du weißt, dass das nicht nötig ist, oder?« Sie kam sich mehr als nur ein bisschen albern vor.

»Ich denke, dass es unbedingt nötig ist.«

Da sie sah, dass Billy nicht nachgeben würde, beschloss Lindy mitzuspielen. Schließlich hatte sie Santa ja auch kürzlich einen Brief geschrieben. Das aufzulisten, was sie sich von Herzen wünschte, war befreiend gewesen, vor allem nachdem sie die Briefe gelesen hatte, die sie als Kind verfasst hatte.

Während sie in der Schlange standen, beobachtete Lindy den Mann im roten Mantel. Sie bewunderte ihn dafür, wie er mit den Kindern umging. Er verfügte über eine Engelsgeduld, nahm sich für jedes Kind Zeit und hörte aufmerksam zu, wenn sie ihm ihre Weihnachtswünsche vortrugen. Als Lindy an die Reihe kam, zuckte Santa mit keiner Wimper. Er streckte die Hand aus, forderte sie auf, näher zu kommen, und klopfte dann auf sein Knie.

»Hallo, Santa«, sagte sie, setzte sich vorsichtig und lächelte den älteren Mann an. Sein weißer Bart war echt, und er zwinkerte ihr zu. Lindy kam sich blöd vor, da sie die einzige Erwachsene weit und breit war, die mit Santa sprechen wollte, und jetzt auch noch auf seinem Knie saß. Eines der Kinder in der Schlange zeigte sogar auf sie.

»Sie ist zu alt für Santa«, verkündete es mit rechtschaffener Entrüstung.

Santa drohte dem kleinen Jungen mit dem Finger. »Niemand ist je zu alt für Santa Claus«, erklärte er streng.

Dann drehte er sich um und konzentrierte seine Aufmerksamkeit auf Lindy. Mit einem ermutigenden Lächeln sagte er: »Ach ja, auf dich hab ich gewartet.«

»Wirklich?«, neckte sie ihn.

Seine dunklen Augen wurden ernst, als hätten ihre Zweifel ihn gekränkt. »Das habe ich, Lindy.«

Er kannte ihren Namen, musste vorhin gehört haben, wie Billy sie Lindy nannte.

»Warst du dieses Jahr ein braves Mädchen?«, fragte Santa.

»Ganz bestimmt«, erwiderte sie. Sie hatte Mühe, nicht zu kichern. »Das bravste überhaupt.«

»Das höre ich gern. Nun, was soll Santa dir denn bringen?«

»Hast du meinen Brief nicht bekommen?«, zog sie ihn auf.

»Ich bin sicher, einer meiner Elfen hat ihn mir auf den Schreibtisch gelegt. Ich verspreche, ihn zu lesen, sobald ich wieder am Nordpol bin.« Er klang aufrichtig, was sie liebenswert fand.

»Gut, denn die Liste in dem Brief kommt von Herzen.«

»Das glaube ich dir, und ich verspreche, sie bald zu

lesen. Aber da du jetzt einmal hier bist, kannst du mir doch persönlich sagen, was dieses Jahr auf deiner Liste steht.«

Während sie mit Santa sprach, war Billy eifrig mit Fotografieren beschäftigt. Er lief von einer Stelle des Raums zur anderen und machte ein Dutzend oder mehr Bilder von ihr auf Santas Knie. Er schien das lustig zu finden, und sie gönnte ihm den Spaß. Billy hatte alles getan, um diesen Tag zu etwas ganz Besonderem zu machen.

Als sich ihre Zeit bei Santa Claus dem Ende zuneigte, sagte Lindy: »Ehe ich gehe, möchte ich noch sagen, dass ich dich, als ich sechs war, um eine kleine Schwester gebeten habe, du mir aber stattdessen einen Bruder geschickt hast. Ich verzeihe dir, weil Chad der beste kleine Bruder ist, den sich eine große Schwester nur wünschen kann. Also danke.«

»Gern geschehen. Ich bin sicher, es war ein Irrtum in der Poststelle. Die Elfe müssen den Brief mit dem eines anderen Kindes verwechselt haben. Das kommt gelegentlich vor.«

Angesichts dieser ernsthaften Entschuldigung zupfte ein Lächeln an ihren Mundwinkeln.

Santa grinste verlegen.

»Und mir tut auch leid, dass ich dich gebeten habe, Billy Kincade Kohlen zu bringen. Das war nicht nett von mir.«

»Billy Kincade.« Santa wiederholte den Namen langsam, als würde er sein Gedächtnis durchforsten. »Ich erinnere mich an diesen jungen Mann – ein ziemlicher Schlingel. Weißt Du zufällig, was aus ihm geworden ist?«

Sie deutete in den Raum. »Das ist er, der mit dem Handy.«

»Meine Güte, er ist zu einem prächtigen jungen Mann herangewachsen. Ich freue mich zu sehen, dass ihr eure Differenzen beigelegt habt.«

»Das haben wir.« Dieses Gespräch machte wirklich Spaß.

Santa reichte ihr eine Zuckerstange, und sie wusste, dass es Zeit war zu gehen.

»Danke, Santa«, sagte sie und stand auf.

»Noch etwas«, hielt Santa sie zurück. Er sah ihr lange forschend in die Augen. »Dieser Brief, den du mir kürzlich geschrieben hast«, sagte er dann.

»Was ist damit?«

»Ich werde mein Bestes tun, dass alle Wünsche, die darin stehen, in Erfüllung gehen.« Das Lächeln erlosch, und wieder sah er sie eindringlich an.

»Danke«, sagte sie schließlich mit kratziger Stimme.

Billy wartete am Ende der Schlange auf sie und fragte: »Was hat Santa gesagt, als du gegangen bist?«

Jetzt, wo Lindy darüber nachdachte, fand sie die Abschiedsworte mehr als nur ein bisschen verwirrend … Als ob er sie ernst gemeint hätte. »Das, was er vermutlich zu jedem sagt: dass er sich um meine Weihnachtswünsche kümmern will.«

Billy griff nach ihrer Hand. »Er sah aus … Ich weiß nicht … Als ob er dich um ein Date bitten wollte.«

Lindy lachte und lehnte den Kopf gegen seine Schulter. »Ganz bestimmt nicht.«

»Hast du ihm deinen Weihnachtswunsch verraten?«

»Nicht direkt. Ich habe ihm erzählt, dass ich ihm einen Brief geschrieben habe.«

»Ich wette, du hast ihn nicht um Rollerblades gebeten«, zog er sie auf.

»Nein, es war ein bisschen … Es war etwas Persönliches.«

»Schon verstanden. Und Santa will sich darum kümmern?«

»Ja.« Ach wenn er das doch nur könnte. Sie wollte es in Seattle schaffen. Sie hatte dem Team von Media Blast einiges zu beweisen. Was die anderen Punkte auf der Liste betraf, die würde sie Santa überlassen.

Der Rest des Nachmittags war perfekt. Sie machten bei der unabhängigen Buchhandlung A Book for All Seasons Halt, wo Lindy ein signiertes Buch eines ihrer Lieblingsautoren kaufte. Die nächste Station war der Käseladen, und Billy wählte einen Brie aus Frankreich als Beitrag zum Weihnachtsessen seiner Schwester aus.

»Wirst du Weihnachten mit Dede verbringen?« Lindy ging davon aus, dass das Restaurant am ersten Weihnachtstag geschlossen bleiben würde.

»Das ist im Moment der Plan.«

Im Moment? Das klang, als könnte es eine Änderung seiner Pläne geben. Was zu der Frage führte, ob er andere Arrangements mit einer anderen Frau getroffen hatte. Ihr Magen zog sich zusammen, doch sie ermahnte sich, dass er tun und lassen konnte, was er wollte. Sie würde nach Neujahr nach Seattle zurückkehren. Diese gemeinsame Zeit war ein angenehmes Intermezzo, zudem eines, das ihr Selbstwertgefühl dringend brauchte, aber ihnen beiden war bewusst, dass Lindys Zeit in Wenatchee begrenzt war.

Während sie die Straße entlangschlenderten, wogte die Menge um sie herum. Das Stimmengewirr, das Gelächter, die Musik, alles war Teil des Zaubers, den dieser Tag verströmte. An interessanten Geschäften herrschte kein Mangel, und ehe sie sich versahen, war es Zeit fürs Berghoff's. Hand in Hand, um in der Menge nicht getrennt zu werden, gingen sie zu dem Restaurant, und Lindy genoss den Körperkontakt.

Die Schlange vor dem Restaurant rückte vor, und bald standen sie an der Tür. Die Hostess nahm ihnen ihre Mäntel ab und führte sie durch den Raum. Wie erwartet war jeder Tisch besetzt; das Restaurant war brechend voll. Im Kamin prasselte ein Feuer, gedämpftes Licht schuf eine gemütliche, wenn nicht romantische Atmosphäre.

Sobald sie saßen, wurden ihnen Speisekarten gereicht. Als ihr Kellner erschien, bestellte Billy einen Wein von einer lokalen Weinkellerei.

»Dan wird gleich da sein«, teilte der Kellner Billy mit, als er den Wein brachte.

»Dan ist der Eigentümer«, erklärte Billy. »Er war in den letzten Jahren mein Mentor und ist inzwischen ein guter Freund.«

»Ich freue mich darauf, ihn kennenzulernen.« Bei Berghoff's zu essen war ein besonderes Vergnügen. Ihrer Familie war es nie gelungen, einen Tisch zu bekommen, und Lindy hatte daheim lieber nicht erwähnt, wohin Billy sie ausführte, falls das Ganze in letzter Minute ins Wasser fiel.

»Dan hat Verwandte in Chicago«, erläuterte Billy. »Ihr Restaurant war jahrelang eines der angesagtesten der Stadt. Ich selbst hatte ein Restaurant in Yakima, bevor ich nach Wenatchee gekommen bin. Dan hat mich perfekt beraten, als ich wegen der Eröffnung der Wine Press zu ihm kam. Schließlich war seine Familie seit Jahren in diesem Geschäft. Ich bin für seinen Rat heute noch dankbar.«

Lindy erinnerte sich verschwommen daran, vor einigen Jahren, als sie auf dem College war, von der Beziehung zwischen dem Restaurant in Chicago und dem in Leavenworth gehört zu haben.

»Was ist aus deinem Restaurant in Yakima geworden?« Lindy fragte sich, ob er mehr als das eine in Wenatchee managte.

Er antwortete nicht gleich und wirkte erleichtert, als Dan zu ihrem Tisch kam. Unweigerlich fragte sich

Lindy, was wohl in Yakima geschehen war, da er anscheinend nicht darüber sprechen wollte.

»Will, schön, dich zu sehen«, sagte Dan. Billy stand auf, und die beiden Männer umarmten sich kurz. »Danke, dass du uns heute Abend noch reingeschoben hast«, sagte Billy.

Der Restaurantinhaber war um die fünfzig, wenn Lindy richtig schätzte. Er hatte volle graue Haare, warme blaue Augen und einen gepflegten Bart. Sein Lächeln fand sie sympathisch.

»Heute am Mittwoch war das kein großes Problem. Am Wochenende hätte es nicht geklappt.« Dan griff nach der Weinflasche und öffnete sie, dann sah er Lindy an.

Billy griff über den Tisch hinweg nach ihrer Hand. »Das ist Lindy, die Frau, von der ich dir erzählt habe.«

»Ah ja.« Dan schaute, als wüsste er etwas, was sie nicht wusste. »Es ist mir ein Vergnügen, Lindy.«

»Freut mich, Sie kennenzulernen, und noch einmal danke, dass Sie heute Abend einen Tisch für uns gefunden haben.«

»Gern geschehen.«

Billy beugte sich verschwörerisch vor. Theatralisch flüsterte er: »Ich habe ihm nichts von deinem Brief an Santa Claus erzählt.«

»Was für ein Brief?«, fragte Dan natürlich sofort nach.

»Was auf der Speisekarte würden Sie denn empfehlen?«, fragte Lindy und versetzte Billy unter dem Tisch einen leichten Tritt.

»Au.« Er tat so, als hätte sie ihn tödlich verletzt. »Nicht weiter wichtig«, sagte er zu seinem Freund und fügte dann, wieder mit diesem theatralischen Flüstern, hinzu: »Ich erzähle es dir später.«

Dan lachte. »Die Rouladen mit Spätzle und Rotkohl kann ich wärmstens empfehlen«, sagte er dann. »Sie sind eine Spezialität unseres Hauses.«

»Von Spätzle habe ich schon gehört, aber was sind Rouladen?«

»Das ist dünn geschnittenes Rindfleisch mit Speck und Zwiebeln, um eine dicke Schicht saurer Gurken gewickelt. Glauben Sie mir, Lindy, Sie werden nicht enttäuscht sein.«

»Dann nehme ich das.«

Lindy hatte gut daran getan, Dans Rat zu befolgen, denn das Dinner übertraf alle Erwartungen. Das Dessert wurde Donauwellen genannt. Dan erklärte, dabei handele es sich um vanilligen Rührkuchen, darauf kamen Kirschen, eine dicke Schicht Buttercreme und eine dünne aus Schokolade. Jeder Bissen schmeckte himmlisch. Sie beendeten die Mahlzeit mit einer Tasse koffeinfreiem Kaffee.

Als sie aufbrechen wollten, begleitete Dan sie zur Tür und reichte ihnen ihre Mäntel. Er nahm Lindys Hand und küsste sie. »Es war mir eine Freude, Sie kennenzulernen«, sagte er.

»Hey, Kumpel«, witzelte Billy, »das ist mein Mädchen.«

Sein Mädchen! Lindy hätte ihr Lächeln nicht verbergen können, selbst wenn sie es versucht hätte.

»Ab und zu schlägt die französische Seite seiner Familie durch«, sagte Billy, als er einen Arm um Lindys Taille legte und sie hinters Haus führte, wo er den Truck geparkt hatte.

Billy half ihr beim Einsteigen, dann ging er um den Wagen herum, stieg selbst ein und ließ den Motor warmlaufen, um die Windschutzscheibe abzutauen.

»Das war ein absolut herrlicher Tag«, sagte Lindy zu ihm, was der Wahrheit entsprach. Alles an ihrem gemeinsamen Nachmittag und Abend war einfach wundervoll gewesen. Selbst der Anblick von Brian mit Celeste hatte ihr nicht die Laune verderben können. An diesen Tag würde sie sich noch lange gerne erinnern.

»Ich möchte ihn noch nicht beenden«, sagte Billy.

»Ich auch nicht.«

»Gut. Fahren wir zur Wine Press. Da gibt es einen besonderen Eiswein, von dem ich möchte, dass du ihn probierst. Es ist einer meiner Lieblingsweine, und ich denke, er wird dir schmecken.«

Eiswein kannte Lindy. Die Trauben konnten nur dort geerntet werden, wo die Temperaturen Minusgrade erreichten. Sie blieben an den Reben hängen, um Süße einzulagern, bis schließlich der Frost einsetzte. Nachdem sie gefroren waren, wurden sie von Hand gepflückt, und zwar normalerweise im Dunkel der Nacht. Der extrem süße Wein traf nicht jedermanns Geschmack. Lindy mochte ihn. Die Flaschen waren schmal und dünn und aufgrund des Arbeitsaufwandes oft teuer.

»Gegen ein Gläschen Eiswein hätte ich nichts einzuwenden«, erwiderte sie.

»Und ich hätte auch gleich die Gelegenheit, mit dem Leiter der Abendschicht zu sprechen. Heute ist zwar mein freier Tag, aber ich habe es mir angewöhnt, irgendwann am Tag einmal kurz vorbeizuschauen.«

Die Verantwortung, Eigentümer und Betreiber in einer Person zu sein, musste Billy einiges abverlangen. Wahrscheinlich hatte er keine Zeit für eine Beziehung; nicht, wenn er sechs Tage die Woche arbeitete. Selbst an seinem freien Tag sah er nach dem Rechten. Seine Gedanken kreisten ständig um das Restaurant, und so sollte es ja auch sein, wenn man Erfolg haben wollte. Für Billy war das zwischen ihnen garantiert nur ein Ferienflirt. Sie war derselben Meinung.

Obwohl es schon nach acht war, herrschte im Restaurant noch Betrieb, jeder Platz an der Bar war besetzt. Billy ergatterte einen Tisch und ließ Lindy dort kurz allein, um mit seinem Schichtleiter zu reden. Als er zurückkam, hatte er eine Flasche Eiswein und zwei spezielle Gläser dabei, die wie Miniaturweingläser aussahen.

Er setzte sich neben sie und goss ihnen beiden eine kleine Menge ein. »Bei Eiswein reicht wenig«, sagte er.

Bei dem Wein handelte es sich wieder um einen aus dem Staat Washington. Nur in den nördlichen Klimazonen wurde es kalt genug dafür.

»Im Gebiet von Toronto gibt es auch hervorragende Eisweine«, sagte er, als er mit ihr anstieß.

»Worauf sollen wir trinken?«, fragte Lindy.

»Auf den Weihnachtsmann, wie wäre es damit?«

Lindy lachte. »Auf den Weihnachtsmann«, sagte sie und hob das Glas an die Lippen.

Der Wein war sehr süß und kalt. Er schmeckte ein wenig wie Honig und verströmte zarte Aromen in ihrem Mund.

»Schmeckt er dir?«, fragte Billy.

»Ausgezeichnet.« Der Wein war der perfekte Abschluss für diesen magischen Tag.

10

Lindys Mom passte wie jeden Donnerstag auf Peter auf, so dass Lindy den Morgen mit ihrem geliebten Neffen verbringen konnte. Er war ein Wildfang und ziemlich altklug und hatte vom Tag seiner Geburt an ihr Herz erobert.

Chads Frau Ashley arbeitete in dem Kunstgewerbeladen ihrer Eltern. Jetzt, wo sie schwanger war, allerdings nur an zwei Tagen in der Woche. Da Lindys Mutter an den Donnerstagabenden die kleine Familie zum Abendessen dahatte, war dies auch der Tag, an dem sie Peter hütete. Nach einem langen Tag auf den Beinen war Ashley froh, nicht nach Hause hetzen und das Abendessen zubereiten zu müssen. Lindys Mutter war eben praktisch veranlagt und dachte mit.

Für diesen Abend hatte sie einen Schmorbraten im Backofen, eines von Chads Lieblingsgerichten, wie Lindy wusste. Nachdem sie den Morgen damit verbracht hatte, mit Beaus Hilfe Peter zu bespaßen, brachte Lindy den Kleinen zu seinem Mittagsschlaf ins Bett. Er gab erst Ruhe, als sie ihm versprach, nach Weihnachten mit ihm zum Rodeln in den Park zu gehen. Sobald er schlief, verließ sie das Haus, um sich mit Peggy zum Lunch zu treffen.

Lindy war am Vortag bei Peggys Büro vorbeigegangen und hatte ein kleineres Web-Problem beseitigt. Peggy benutzte dies als Vorwand, um Lindy zum Lunch einzuladen, aber Lindy wusste, dass es ihr nur darum ging, sie über ihren Tag mit Billy auszuquetschen. Trotzdem war sie einverstanden gewesen, hauptsächlich deshalb, weil das Zusammensein mit Peggy Spaß brachte.

Beim Einparken sah sie, dass ihre Freundin schon da war und an einem Fenstertisch des Big Apple Diner saß, eines im Stil der Fünfzigerjahre gehaltenen Lokals. Obwohl sie wusste, dass ihr ein Verhör bevorstand, freute sich Lindy, Peggy zu sehen.

Sie rutschte auf ihren Sitz. »Hey, Mädel«, sagte sie und griff nach der Speisekarte.

»Selber hey«, begrüßte Peggy sie. »Jetzt spann mich nicht auf die Folter. Wie war dein Date mit Billy the Kid?«

»Darf ich mir erst mal die Speisekarte anschauen?«, frotzelte Lindy.

»Nein. Ich habe nur eine Stunde Zeit, ich habe schon für uns bestellt. Ich will alle Einzelheiten.«

»Was hast du bestellt?«

»Gemischten Salat. Und jetzt schieß los.« Sie legte den Kopf schief und grinste verschmitzt, als würde ihr Lindys Lächeln alles verraten, was sie wissen musste.

»Womit?«, gab Lindy sich ahnungslos.

Peggy zuckte die Achseln. »Dann eben nicht. Du musst gar nichts sagen. Ich kann dir nämlich vom Gesicht ablesen, dass es fantastisch war.«

»Du redest Blödsinn.« Lindy senkte den Blick.

»Ich weiß, was ich sehe. Du kannst es abstreiten, solange du willst. Erzähl mir alles, und lass kein pikantes Detail aus.« Peggy kannte keine Gnade.

»Peggy!«

»Hat er …«

Lindy drohte ihr mit dem Zeigefinger. »Ich bin kein Mädchen, das aus dem Nähkästchen plaudert.«

»Ah, da war also etwas.« Peggy wackelte vielsagend mit den Augenbrauen.

»Also schön, ich gebe zu, dass es ein toller Tag mit jeder Menge Spaß war.« Die Wahrheit lautete, dass dieser Nachmittag und der Abend mit Billy das Schönste war, was Lindy seit Langem erlebt hatte.

»Wann trefft ihr zwei euch das nächste Mal?«

Ihre neugierige Freundin würde das Thema nicht fallen lassen, bis sie alle Einzelheiten kannte.

»Er hat dich doch gebeten, noch einmal mit ihm auszugehen, oder?«

»Nein, hat er nicht.« Lindy vermied es, darauf hinzuweisen, wie hektisch die Weihnachtstage für das Restaurant verliefen. Firmen hatten Feiern gebucht, und bis weit in die Woche nach Weihnachten hinein war jeder verfügbare Tisch reserviert. Es verstand sich von selbst, ohne dass Billy es erklären musste – was er trotzdem getan hatte –, dass er sich, abgesehen von ein paar Stunden hier und da, nicht freinehmen konnte. Aber er hatte Lindy aufgefordert, jederzeit vorbeizukommen.

Peggy wirkte beleidigt. »Du willst mir weismachen, dass Billy dich fürstlich bewirtet hat, und das war's jetzt?«

»Ja. Du liest da mehr hinein, als dahintersteckt. Billy hat sich für meine Hilfe bedankt, das ist alles.« Auf keinen Fall würde sie den Kuss bei der Schlittenfahrt oder die Küsse erwähnen, zu denen es gekommen war, nachdem er sie nach Hause gefahren hatte. Das war privat.

Da Peggy nicht lockerließ, gab Lindy nach und erzählte ihr alles, angefangen von der Schlittenfahrt bis hin zum luxuriösen Dinner. Außer dem Kuss ließ sie auch die Begegnung mit Celeste und Brian aus. Sie hätte vielleicht etwas gesagt, wenn Peggy sie nicht mit Fragen bombardiert hätte. Kaum hatte Lindy eine beantwortet, da feuerte ihre Freundin auch schon die nächste ab und wollte auch die kleinste Kleinigkeit wissen.

Als sie geendet hatte, sagte Peggy mit ihrem Ich-kenne-dich-besser-als-du-ahnst-Blick: »Du magst Billy. Gib dir keine Mühe, es zu leugnen.«

»Meinst du?«

»Ja, meine ich. Und es ist offensichtlich, dass er genauso für dich empfindet. Jeder mit auch nur einem

Funken Verstand kann sehen, dass die Chemie zwischen euch stimmt.« Sie hob beide Hände und deutete eine Explosion an.

»Du meinst, wie Romeo und Julia?«, neckte Lindy sie. »Bogie und Bacall?«

»Du glaubst, ich mache Witze. Aber ich habe gesehen, wie ihr beide euch angeschaut habt. Das war so süß, dass es in mir den Wunsch nach einem Mann in meinem Leben ausgelöst hat.« Sie seufzte laut genug, dass Lindy schallend auflachte.

Der Kellner brachte ihre Salate. Nach der Schlemmerei vom Vortag war Lindy froh über das leichte Essen. Peggy war groß und schlank, nahm sich reichlich von dem frischen Brot und schien sich wegen der Kalorien überhaupt keine Gedanken zu machen. Lindy beneidete ihre Freundin um ihre Fähigkeit, schlichtweg alles essen zu können, was sie wollte, und trotzdem ihre perfekte Figur halten zu können.

»Du hast mir die Fotos von der Highschool gezeigt. Wie kommt es, dass du jetzt noch genauso viel wiegst wie damals?«, fragte Lindy.

Peggy zuckte die Achseln. »Gute Gene.«

»Na, in meine Jeans werde ich nicht mehr passen, wenn ich so weiter esse wie gestern.« Sie erzählte von dem Dessert, das sie sich nach dem deutschen Dinner gegönnt hatte, und wie üppig es gewesen war.

»Das klingt köstlich.«

»War es auch.«

Peggys Augen wurden schmal. »Du wechselst das Thema.«

»Nicht absichtlich. Ich hatte eine schöne Zeit mit Billy, aber weiter ist da nichts. Vergiss nicht, dass ich nur bis Neujahr in der Stadt bin und dann nach Seattle zurückmuss. Billy weiß das auch. Was immer zwischen uns ist, es kann nur diese zwei Wochen dauern und nicht länger.«

»Musst du denn wirklich unbedingt nach Seattle zurück?« Peggy schob schmollend die Unterlippe vor.

Die Frage traf Lindy unverhofft. Sie hatte nie einen Gedanken daran verschwendet, nach Wenatchee zurückzuziehen. Zu ihrer Überraschung sagte ihr die Idee sofort zu. Schon allein Peggy und Billy wieder in ihrer Nähe zu haben reizte sie. Doch so rasch ihr der Gedanke gekommen war, so schnell erklärte ihr Realitätssinn ihn für undurchführbar. Falls ihr Vorschlag angenommen wurde, konnte sie Media Blast unmöglich verlassen, nicht nach all der Mühe, die sie in dieses Projekt gesteckt hatte.

»Das ist kein schlechter Gedanke«, erwiderte sie, »aber mein Leben findet in Seattle statt. Der Mietvertrag für mein Apartment läuft noch sechs Monate. Ich kann jetzt nicht alles stehen und liegen lassen und wegziehen, selbst wenn ich wollte. Außerdem habe ich einen tollen Job.«

»Hast du mir nicht kürzlich erzählt, wie wenig du dort wertgeschätzt wirst?«

Trotzdem war Lindy entschlossen, sich zu beweisen, und hoffte, dieses jüngste Projekt würde das bewirken.

»Ich habe nachgedacht.« Peggy wurde ernst. »Ich habe gesehen, was du mit Billys Website gemacht hast, und mir hast du auch geholfen. Lindy, du bist so begabt. Hast du dir schon einmal überlegt, freiberuflich zu arbeiten?«

Lindy schüttelte den Kopf.

»Ich kenne etliche Firmen, die gerne ein Update ihrer Website hätten. Du würdest eine echte Marktlücke füllen.«

»Das kann ich nicht machen, Peggy, nicht, wenn ich für Media Blast arbeite.«

»Dann arbeite nicht mehr für die. Zieh nach Wenatchee zurück und mach dich selbständig. Du hättest zweifellos Erfolg.«

»Dafür habe ich nicht ausreichend Beziehungen.«

»Aber ich. Ich habe sogar jede Menge davon«, gab Peggy zurück, als wäre das, was sie vorschlug, eine Kleinigkeit.

Lindy schüttelte den Kopf. »Sorry … vielleicht irgendwann einmal.«

Peggy gab sich nur widerwillig geschlagen.

Als ihre Pause vorüber war, ging Peggy ins Büro zurück, und Lindy kaufte ein paar Sachen ein, die sie für ihre Mutter fürs Abendessen besorgen sollte. Sie kam gerade ins Haus, als ihr Telefon piepte.

Es war eine Textnachricht von Billy.

Hab einen Handschuh von dir im Truck gefunden.
Bist du zu Hause?
Ja.
Wir sehen uns gleich.

Das war eine Überraschung. Sie hatte den roten Handschuh vermisst, als sie zu dem Treffen mit Peggy aufgebrochen war. Der einzige Ort, wo er sein konnte, war Billys Truck. Sie hatte ihn danach fragen wollen, aber beschlossen, bis später zu warten. Sie hätte ihm die Mühe erspart und ihn selbst abgeholt. Dass er ihn vorbeibringen wollte, war wirklich nett.

»Du bist wieder da.« Der kleine Peter rannte auf sie zu, sobald sie zur Tür hereinkam. Beau bellte seine Begrüßung und stürmte neben Peter her. Immer wenn sie zurückkam, benahm sich der Hund, als wäre sie ewig weg gewesen.

Sie stellte ihre Tasche und die Tüte mit den Lebensmitteln ab und zog ihren Neffen in die Arme. »Hattest du einen schönen Mittagsschlaf?«

Peter nickte begeistert.

»Er hat tief und fest geschlafen, nachdem ihr heute Morgen so schön gespielt habt«, sagte ihre Mutter aus der Küche.

»Billy ist auf dem Weg hierher«, sagte Lindy, als sie in ihr Zimmer ging. Peter und Beau folgten ihr auf dem Fuße.

»Wer ist Billy?«, fragte Peter.

»Ein Freund.«

»Spielt er gerne im Schnee?«

Lindy zuckte die Achseln. »Ich weiß es nicht. Du wirst ihn selbst fragen müssen.«

»Okay.«

Da sie für Billy so gut wie möglich aussehen wollte, frischte Lindy ihr Make-up auf und fuhr mit dem Glätteisen durch ihre Haare. Sie trug gerade Lipgloss auf, als es an der Tür klingelte. Sie überließ es ihrer Mutter und Peter aufzumachen. Prompt hörte sie, wie Peter Billy fragte, ob er mit ihnen Schlitten fahren gehen wolle.

Lindy lächelte. Dann holte sie tief Luft und rief sich zur Ordnung. Ihr Herz drohte über ihren Verstand zu dominieren. Das durfte sie nicht zulassen. Dies hier war eine vorübergehende Sache. Ein Weihnachtsflirt, der enden würde, wenn sie Wenatchee verließ. Billy hatte ein Geschäft zu führen. Sie würde nichts Vorschub leisten, was über die zwei Wochen hinausging, die sie in der Stadt war.

Als sie aus ihrem Zimmer kam, hatte ihre Mutter Billy in die Küche geführt, wo er am Küchentisch saß. Ihre Mutter hatte ihm Kaffee eingeschenkt und legte Plätzchen auf einen Teller. Peter saß im Wohnzimmer auf dem Boden, knabberte an einem Plätzchen und sah sich *Helfer auf vier Pfoten* an, seine Lieblingszeichentrickserie. Der immer wachsame Beau hielt sich an seiner Seite.

»Ah, da ist Lindy ja.«

»Hallo«, sagte sie. Warum sie verlegen war, wusste sie nicht so recht. Wahrscheinlich lag es daran, dass sich ihre Mutter im selben Raum aufhielt.

»Hallo«, gab er zurück.

Ihre Blicke verschränkten sich, und es kam ihr so vor, als wären sie endlose Jahre statt ein paar Stunden getrennt gewesen. Ihr Herz hämmerte in ihrer Brust.

»Ich habe deinen Handschuh.« Er sagte es, als hielte er ihr Herz in seiner Hand. Lindy befürchtete, dass genau das der Fall sein könnte, und das war aus einer ganzen Reihe von Gründen gar nicht gut.

Sie erinnerte sich daran, den Handschuh ausgezogen zu haben, als sie sich in seinem Truck geküsst hatten. Der Wunsch, die Finger in seinen Haaren zu vergraben, war unwiderstehlich gewesen. Sie hatte die Handschuhe abgestreift und in ihre Manteltasche gestopft. Der Blick, den sie wechselten, verriet ihr, dass sich Billy genauso lebhaft daran erinnerte, wann sie ihn ausgezogen hatte, wie sie selbst.

»Im Moment muss es im Restaurant etwas ruhiger zugehen«, sagte sie in dem bewussten Bemühen, den Blickkontakt abzubrechen.

Er nickte.

Ihre Mutter brachte die Plätzchen an den Tisch und widmete sich dann wieder dem, was auch immer sie gerade tat.

»Was Sie da kochen, riecht köstlich, Mrs. Carmichael.«

»Chad und Ashley kommen zum Abendessen«, erklärte Lindy. »Mississippi-Schmorbraten ist das Leibgericht meines Bruders.«

»Nie gehört.«

»Er wird mit Peperoncinis gemacht«, erläuterte Ellen, als sie den Deckel wieder auf den Schmortopf legte.

»Ich hätte nie gedacht, dass die etwas mit dem Mississippi zu tun haben könnten«, sagte Billy.

Lindy musste ihm zustimmen. Sie wusste auch nicht, wo das Gericht seinen Namen herhatte. »Wenn ich so darüber nachdenke – ich auch nicht.«

»Billy, warum bleibst du nicht zum Essen?«, bot ihre Mutter an, als sie sich zu ihnen umdrehte. »Wir würden uns freuen.«

Billy sah Lindy an.

»Kannst du dich loseisen?« Lindy hoffte, dass das möglich war. Das Letzte, was sie wollte, war, Druck auf ihn auszuüben.

»Wir essen so gegen sechs«, fügte ihre Mutter hinzu.

Billy griff nach Lindys Hand und drückte sie kurz. »Ich könnte mich eine Stunde freimachen, schätze ich. Ich war seit acht Uhr heute Morgen da, ich könnte eine Pause brauchen.«

Lindy hatte nicht zu hoffen gewagt, dass er sich die Zeit nehmen würde, und erwiderte den Händedruck. »Das wäre schön.« Und dann setzte sie, weil sie nicht wollte, dass er sich ihr verpflichtet fühlte, hinzu: »Bist du sicher?«

»Ganz sicher. Das Restaurant hat angefangen, mein Leben zu beherrschen. Ich muss dafür sorgen, dass ich auch ab und an etwas Zeit für mich habe«, entgegnete er und sagte dann im Flüsterton, so dass sie nicht wusste, ob sie ihn richtig verstanden hatte: »Zeit für uns.«

»Was ist mit Weihnachten?«, fragte sie, von seinen Worten ermutigt. »Ich weiß, du feierst mit deiner Schwester, aber meinst du, du schaffst es vielleicht, bei uns vorbeizuschauen?«

»Na klar, sehr gern.«

»Wie schön.« Sie konnte die Freude nicht verbergen, die die Aussicht, einen Teil des Tages mit ihm zu verbringen, in ihr auslöste.

»Du kennst vermutlich niemanden, der bereit wäre, den Weihnachtsmann zu spielen?«, fragte ihre Mutter, dabei dämpfte sie die Stimme, damit Peter sie nicht hörte.

»Doch, ich weiß jemanden«, gab Billy zurück.

»Dies ist das erste Jahr, dass Peter sich für Santa Claus interessiert. Ich würde mir wirklich wünschen, dass Santa irgendwann am ersten Weihnachtstag bei uns vorbeikommt, und bin bereit, einen vernünftigen Preis zu bezahlen.«

»Ich bezweifle, dass er Geld annehmen würde. Das heißt, ich bin ganz sicher, dass er nichts annehmen wird.«

»Wer ist es denn?«, fragte Ellen.

Billy lächelte breit. »Sie sehen ihn vor sich. Ich habe ein Santa-Kostüm und spiele für Dedes Kids den Weihnachtsmann. Das Kostüm habe ich mir letztes Jahr besorgt und bin damit schon bei einer Weihnachtsfeier im Restaurant aufgetreten.«

»Billy Kincade.« Ein Lachen schwang in Lindys Stimme mit. »Du bist ein Mann mit vielen Talenten. Über was für verborgene Qualitäten verfügst du sonst noch?«

Seine Augen funkelten. »Über viele. Ich stelle sie eines Tages gerne unter Beweis.«

Lindy lachte. »Ich freue mich schon darauf.«

Sein Telefon piepte, er zog es aus der Tasche und seufzte, als er die Nachricht las. »Ich muss ins Restaurant zurück.«

»Ich bringe dich zur Tür«, erbot sich Lindy.

Im Rausgehen hielt Billy ihre Hand, und als sie im Flur waren, zog er sie in die Arme. »Ich kann nicht aufhören, an dich zu denken, Lindy. Als ich deinen Handschuh gefunden habe, war ich ganz aufgeregt, weil mir das einen Vorwand lieferte, dich wiederzusehen.«

»Du brauchst keinen Vorwand, Billy.«

Er sah sie eindringlich an.

»Ich habe das starke Bedürfnis, dich zu küssen.«

Lindy schloss kurz die Augen; erinnerte sich an die glühenden Küsse vom Abend zuvor. »Und ich habe das starke Bedürfnis, dich genau das tun zu lassen.«

Billy senkte den Mund auf ihren und küsste sie sanft;

ein Kuss, den Lindy bis in die Fußsohlen spürte. Sie schlang die Arme um seine Taille, stellte sich auf die Zehenspitzen und schmiegte sich an ihn. Er schmeckte nach Ingwer von den Plätzchen, die er zuvor gegessen hatte. Nie hatte sie den Geschmack mehr genossen. Als sie sich voneinander lösten, hielt er sie weiter in den Armen und legte die Stirn gegen ihren Scheitel.

»Sag mir, dass ich mit diesem Gefühl nicht alleine bin, Lindy. Ich muss dich das sagen hören.«

»Du bist nicht alleine.«

Sie hörte ihn erleichtert seufzen. Obwohl sie sich wiederholt ermahnt hatte, dass dies nur ein Ferienflirt war, fühlte es sich nach weit mehr an, und das war gefährlich. Gefährlich für sie und gefährlich auch für Billy. Wenn ihr Urlaub vorbei war, würde sie nach Seattle zurückkehren. Sie musste Billy daran erinnern.

Aber nicht jetzt.

11

Als Chad und Ashley kamen, rannte Peter zu seinen Eltern, um ihnen von seinem Tag zu berichten. Auch dass Lindy versprochen hatte, nach Weihnachten mit ihm rodeln zu gehen, ließ er nicht aus.

»Du bist eine tapfere Frau«, sagte ihr Bruder zu ihr.

»Ich möchte, dass Billy auch mitkommt«, fügte Peter hinzu.

Chad zog fragend die Brauen hoch. »Peter hat ihn eingeladen«, erklärte Lindy.

Mit Chad, Ashley und Peter im Haus war dieses von aufgeregtem Geschnatter über ihren jeweiligen Tag und die Pläne für Weihnachten erfüllt. Peter nahm Lindys Hand und zog sie zu der Weihnachtskrippe hinüber, die ihre Mutter neben dem Baum auf einem Tischchen aufgestellt hatte. Er blieb mit großen Augen vor den Figuren stehen.

»Ich weiß nicht, warum das Jesuskind in Heu und Stroh schlafen muss.«

»Weil es für seine Mom und seinen Dad keinen Platz in der Herberge gab«, erklärte Lindy.

»War es kalt in der Scheune?«, fragte er.

»Ich bin sicher, er und seine Mom und sein Dad hatten es warm.«

Das schien Peter zu beschwichtigen. »Tante Lindy.« Er hielt noch immer ihre Hand fest. »Weißt du, ob der Weihnachtsmann zu unserem Haus kommt?«

»Hast du ihm einen Brief geschrieben, damit er weiß, was du dir zu Weihnachten wünschst?«, erkundigte sie sich. Sein süßes, unschuldiges Gesicht strahlte vor Aufregung.

»Ich schreibe noch nicht so gut. Aber ich kann meinen Namen schreiben.«

»Das habe ich gesehen und war beeindruckt. Du wirst so schnell größer.«

»Ich mag die Schule.«

Lindy wusste, dass Peter dreimal die Woche eine Vorschule besuchte, und staunte über all das, was er lernte. Praktisch jede Woche verblüffte ihr kleiner Neffe sie mit neuen Fähigkeiten.

»Hattest du Spaß mit dem Bastelset, das ich dir geschickt habe?«, fragte sie.

»Lindy, das war das Beste überhaupt«, erwiderte Ashley, die zu ihnen trat. Sie war im sechsten Monat und begann ein wenig zuzulegen. So war es bei Peter auch gewesen. Ashley sah erst Ende des siebten Monats wirklich schwanger aus. Wenn sie selbst je Kinder haben sollte, hoffte Lindy … Ihre Gedanken kamen abrupt zum Stillstand. Sie hatte keine Ahnung, wo diese Ideen herkamen. Kinder? Sie?

»Peter und Chad haben die Papierkette im Nullkommanichts zusammengebastelt.«

»Wir haben sie in den Weihnachtsbaum gehängt«, sagte Peter. »Sie ist hübsch.«

Lindy hatte das Bastelset in einem Katalog entdeckt und es für Peter bestellt, da sie wusste, wie sehr er sich darüber freuen würde.

Als ihre Mutter um sechs das Essen auf den Tisch brachte, war Billy noch nicht da. Ellen sah Lindy an, als suche sie ihren Rat.

»Sollen wir warten?«, fragte sie.

Bevor sie antworten konnte, klingelte es. Billy war gekommen.

Lindy war überrascht, wie gut sich Billy mit ihrer Familie verstand, vor allem mit ihrem Dad. Es war, als wäre er schon seit Jahren Teil ihrer Familie. Chad, Ashley und Peter planten, Heiligabend bei Ashleys Eltern zu verbringen. Die beiden Familien wechselten sich an den Feiertagen ab. Dieses Jahr waren die Carmichaels am ersten Weihnachtstag dran. Der Morgen gehörte Chad, Ashley und dem kleinen Peter, am Nachmittag kamen sie dann für die Geschenke und das Abendessen bei Chads Eltern vorbei.

Lindy wusste, dass es ein heikler Balanceakt war, wenn Schwiegereltern im Spiel waren. Sie bewunderte ihre Eltern, die zusammen mit denen von Ashley einen funktionierenden Plan entwickelt hatten, bei dem sich keine Familie übergangen fühlte.

Chad und Billy unterhielten sich wie alte Freunde, die sich lange nicht gesehen hatten. Lindy freute sich, dass ihre Familie ihn so bereitwillig aufnahm. Sie saß neben Billy. Er griff unter dem Tisch nach ihrer Hand und drückte sacht ihre Finger, wie um zu sagen, dass er glücklich war, mit ihr zusammen zu sein.

Natürlich kam auch ihr Kindheitsbrief an Santa zur Sprache, und Lindy war Zielscheibe zahlreicher Spötteleien. Da sie es genoss, Billy bei sich zu haben, nahm sie die Scherze gutmütig hin und stimmte in das Lachen der anderen mit ein.

Die Stunde verflog, und viel zu bald erhob sich Billy und verzichtete auf den Nachtisch. Lindy brachte ihn zur Tür. Billy berührte ihren Ellbogen, zog sie behutsam ins Freie und dann in seine Arme, um sie zu küssen. An Billys Küsse könnte sie sich allzu leicht gewöhnen. Wenn sie noch viel länger in der Stadt blieb, würden sie Suchtpotenzial bekommen.

»Kannst du später beim Restaurant vorbeikommen?«, fragte er, legte die Hände auf ihre Schultern und blickte auf sie hinunter.

Angesichts der Hoffnung in seinen Augen fiel es ihr schwer, ihm seine Bitte abzuschlagen. »Du wirst viel zu tun haben, vielleicht …«

»Es ist immer viel zu tun. Ich werde schon etwas Zeit abknapsen können, und wenn es nur ein paar Minuten sind.«

Lindy gab aus dem einfachen Grund nach, dass sie

Zeit mit ihm verbringen wollte, egal wie viel er erübrigen konnte. »Ich komme wahrscheinlich erst nach zehn Uhr weg.«

»Egal. Ich nehme, was ich bekommen kann.«

Lindy empfand genauso. Auch wenn er sich nur wenige Minuten freimachen konnte, wäre das die Mühe wert. Sie würde ihrer Mutter beim Saubermachen helfen und so viel Zeit mit Chad, Ashley und Peter verbringen, wie sie konnte. Weil Peter nicht zu spät ins Bett sollte, würden die drei vermutlich nicht viel länger als bis neun bleiben.

Nachdem Billy gegangen war, half Lindy ihrer Mutter dabei, den Tisch abzuräumen, und stellte die Schüsseln mit den Resten in den Kühlschrank. Peter versuchte ihre Aufmerksamkeit auf sich zu lenken, als sie begann, Geschirr in die Spülmaschine zu laden. Ihre Mutter scheuchte sie aus der Küche, damit sie den Kleinen beschäftigte.

Ihr Neffe war ein Prachtjunge, neugierig, hellwach und klug. Das Ausmaß seines Vokabulars versetzte sie in Erstaunen.

»Kannst du nicht immer hier sein, Tante Lindy?«, fragte er, als er mit einem Buch in der Hand neben ihr saß.

»Ich wohne in Seattle, schon vergessen?«

»Aber könntest du nicht hierherziehen?«

»Mein Apartment ist dort«, erklärte sie geduldig.

»Du könntest hier ein Apartment mieten«, argumentierte er und blickte zu ihr auf. Der Blick aus seinen dunkelbraunen Augen war regelrecht beschwörend.

»Mein Job ist auch dort. Ich gehe jeden Tag zur Arbeit, genau wie deine Mom und dein Dad. Es gibt dort Leute, die mich vermissen würden, wenn ich wegginge.« Wie Lindy sich wünschte, dies würde zutreffen, aber sie vermutete, dass ihre Kollegen bei Media Blast ihr keine Träne nachweinen würden.

Peter seufzte und lehnte sich bei ihr an. »Du könntest hier arbeiten. Daddy arbeitet hier, und Mommy auch.«

Statt sich in langwierige Erklärungen zu stürzen, schlug Lindy das Buch auf. »Vielleicht irgendwann«, sagte sie in der Hoffnung, das würde ihren Neffen zufriedenstellen.

»Wenn Mommy sagt irgendwann, heißt das nein«, gab er schmollend zurück.

Lindy lachte. Das Kind war einfach cleverer, als gut war. »Bist du bereit für die Geschichte?«, fragte sie, um das Thema zu wechseln.

»Okay.«

Die Geschichte war eine, die Lindy aus ihrer eigenen Kindheit kannte. Sie handelte von dem Esel im Stall, der die Krippe bewachte. Das alte Buch wurde von Klebeband mehr schlecht als recht zusammengehalten. Während sie die Geschichte vorlas, blickte sie auf Peter hinunter und sah zu, wie ihm langsam die Augen zufielen, obwohl er sich bemühte, wach zu bleiben. Als sie bei der letzten Seite angekommen war, schlief er, an sie gekuschelt, tief und fest.

Chad setzte sich auf den Polsterhocker vor Lindy. »Erzähl mir von dir und Billy«, sagte er, ohne sich groß um Diplomatie zu bemühen.

»Da gibt es nicht viel zu erzählen. Wir haben uns wiedergetroffen, und ich bin gern mit ihm zusammen.«

»Ist das mit euch was Ernstes?«

Lindy tat die Frage mit einem Lachen ab. »Nein. Wir machen uns eine schöne Zeit zusammen, während ich zu Hause bin. Das ist alles.«

»Bist du dir da sicher? Ich habe gesehen, wie er dich beim Essen angeschaut hat, Schwesterherz, und ich muss dir sagen, dass er diesen gewissen Blick hatte.«

»Diesen gewissen Blick?« Chad musste Witze machen. Sicher, sie hatte Zeit mit Billy verbracht, mehr als mit irgendwem sonst. Sie war weniger als eine Woche zu Hause, und das war entschieden zu früh für *diesen gewissen Blick*.

»Sei vorsichtig«, riet Chad ernst.

»Ich glaube, du bildest dir da was ein, kleiner Bruder. Billy wird viel zu sehr von seinem Restaurant in Anspruch genommen. Außerdem weiß er, dass ich nur bis Neujahr in der Stadt bin.«

»Wegen Billy mache ich mir keine Gedanken«, erwiderte ihr Bruder. »Sondern deinetwegen.«

»Meinetwegen?«, fragte sie mit einem Lachen, das ein wenig schrill klang.

»Ja. Ich habe gesehen, wie Billy dich angeschaut hat, aber mir ist auch aufgefallen, wie du ihn angesehen hast. Ich weiß, wie sehr dich das mit Brian und Celeste getroffen hat. Ich habe nie etwas gesagt, aber ich mochte Brian von Anfang an nicht. Ich dachte, im Lauf der Zeit würde er sein wahres Gesicht zeigen, und das hat er dann ja auch getan. Aber Billy mag ich. Ich glaube nicht, dass du einen Fehler machst, wenn du eine festere Beziehung mit ihm in Betracht ziehst.«

Die Worte ihres Bruders gaben Lindy zu denken. Vielleicht hatte er recht, und sie handelte sich nur noch mehr Kummer ein. Sie war davon ausgegangen, dass sie ihre Lektion gelernt hatte. Wie hatte diese Sache mit Billy eigentlich angefangen? Sie wusste es nicht sicher. Alles ging auf ihren Brief an Santa vor all diesen Jahren zurück.

Und dann war irgendetwas Bedeutsames an dem Tag geschehen, den sie zusammen in Leavenworth verbracht hatten. Die Schlittenfahrt, auf Santas Knie zu sitzen … die Küsse.

O ja, diese Küsse.

»Hey«, riss Chad sie aus ihren Grübeleien. »Ich habe dich doch nicht verärgert, oder?«

»Nein, du hast mir Stoff zum Nachdenken gegeben. Tatsache ist, dass ich nicht die Absicht habe, mich ernsthaft mit Billy einzulassen. Es würde nicht funktionieren, aus all den Gründen, die ich schon aufgezählt habe.«

»Zu schade, weil ihr zwei gut zusammenpasst.«

Ashley blieb neben Chad stehen und rieb mit einer Hand über die leichte Wölbung ihres Bauches. »Es wird Zeit, dass wir uns verabschieden«, sagte sie. »Ich gehe ja nur ungern, aber Peter braucht seinen Schlaf, und ich auch. Vor uns liegen zwei anstrengende Tage.«

Chad erhob sich und hob seinen Sohn behutsam vom Sessel hoch. Ashley schob vorsichtig, um den schlafenden Jungen nicht zu wecken, seine Arme in die Winterjacke. Lindys Eltern begleiteten sie zur Tür.

Ihre Mutter hatte den ganzen Nachmittag in der Küche verbracht und gähnte, als sie zurückkam.

»Setz dich, Mom«, drängte Lindy. »Entspann dich. Ich bringe dir eine Tasse Pfefferminztee.«

»Danke, Liebes.« Ellen widersprach nicht, sondern setzte sich im Wohnzimmer in ihren Lieblingssessel und griff nach ihrem Strickzeug.

Schon bald saßen ihre Eltern beide vor dem Fernseher, und Lindy wusste, dass jetzt der beste Zeitpunkt war, um sich auf den Weg zu Billy zu machen.

»Ich gehe noch ein bisschen raus«, verkündete sie.

Ihr Vater nickte, als hätte er damit gerechnet. »Wir mögen Billy«, sagte er.

Sie empfand das Bedürfnis, sich zu erklären. »Das mit uns ist nichts Ernstes.«

Ihre Eltern wandten beide gleichzeitig den Blick vom Fernseher ab und hefteten ihn direkt auf sie. Keiner sagte etwas. Das brauchten sie auch nicht, ihre Gesichter sagten alles. Ihr kam es so vor, als verfügten beide, genau wie Billy, über Insiderinformationen, die sie selbst erst noch bekommen musste.

Aufgrund aller verbalen und nonverbalen Warnungen, die sie heute Abend erhalten hatte, sollte sie Billy wahrscheinlich besser aus dem Weg gehen. Sie spielte mit dem Gedanken, ihm eine Textnachricht zu schicken und sich zu entschuldigen. Aber sie hatte ja bereits zugesagt. Als sie in ihrem Auto auf dem Weg zur Wine Press war, gestand Lindy sich ein, dass sie mit Billy zusammen sein wollte und es eine Lüge wäre, sich etwas anderes einzureden.

Der Parkplatz war voll, als sie ankam. Das hieß vermutlich, dass sich Billy noch nicht einmal für kurze Zeit würde loseisen können. Doch seltsamerweise beruhigte sie das nicht.

Als sie das Lokal betrat, stand er mit einem weiteren Barkeeper hinter der Theke. Bei ihrem Anblick lächelte er und sagte etwas zu dem anderen Barkeeper.

Lindy fand einen freien Tisch, setzte sich und wartete geduldig auf Billy. Nach ein paar Minuten trat einer der Kellner hinter die Bar, und Billy setzte sich zu ihr.

»Viel Betrieb heute Abend«, sprach sie aus, was jeder sehen konnte.

»Allerdings. Nach Neujahr wird es ruhiger, wenn die Kreditkartenabrechnungen in der Post sind und sich die Realität zurückmeldet.«

Wie wahr. Lindy erinnerte sich an das letzte Weihnachten, als sie den Stand ihres eigenen Kontos gesehen hatte. Den ganzen Januar hatte es Ramen-Nudeln zum Abendessen gegeben.

»Du solltest dich um deinen Laden kümmern.« Sie sah sich in dem voll besetzten Raum und dem ebenso vollen Barbereich um. »Wir können uns morgen treffen.«

Billy verflocht ihre Finger miteinander. »Mir ist komplett egal, wie viel Betrieb hier herrscht. Ich will nicht, dass du gehst.«

Seine Worte trafen sie direkt ins Herz. Im nächsten Moment erinnerte sie sich an die Worte ihres Bruders. Es war Zeit, dass sie sich eingestand, dass sie ernsthaft Gefahr lief, sich in Billy Kincade zu verlieben.

»Wie sehen deine Pläne für morgen aus?«, fragte er.

Ihr Verstand war wie benebelt. Es dauerte lange, bis sie antworten konnte. »Peggy hat angerufen, wegen irgendeines verrückten Plans, über den sie am Telefon nicht sprechen wollte. Ich treffe mich mit ihr auf einen Kaffee. Und Heiligabend steht der Gottesdienst mit Mom und Dad an.«

»Glaubst du, du kannst mich irgendwie dazwischenschieben?«

Da sie dabei war, sich Hals über Kopf in diese Sache zu stürzen, sollte sie einen Vorwand erfinden und behaupten, ihr Terminkalender wäre bereits voll. Aber sie brachte es nicht fertig. So viel zu ihrer Entschlossenheit! Stattdessen nickte sie.

»Gib mir eine halbe Stunde, dann bin ich zurück.« Er rutschte von seinem Stuhl und küsste sie auf die Stirn.

»Okay.«

Ein paar Minuten später brachte ein Kellner ein Glas Rotwein an ihren Tisch. Während sie wartete und an ihrem Wein nippte, beobachtete sie die Menge an der Bar und bemerkte, dass eine große Gruppe die Rechnung verlangte. Nachdem sie gegangen waren, wurde es im Barbereich ruhiger, und Lindy konnte zum ersten Mal die Weihnachtsmusik hören.

Sowie sich die Tür hinter der Gruppe geschlossen hatte, gesellte sich Billy wieder zu ihr. Er wirkte zu Tode erschöpft, was nicht weiter verwunderlich war. Er war lange vor der Öffnungszeit im Restaurant gewesen und blieb bis spät in die Nacht. Diese langen Stunden würden jeden die letzten Energiereserven kosten.

»Ich wollte dir von all den Komplimenten erzählen, die ich für deine Website eingeheimst habe«, sagte er, als er sich entspannt auf dem Stuhl neben ihr zurücklehnte.

»Das freut mich.«

»Ein paar Freunde haben mich gefragt, wer für das Design verantwortlich ist. Aber ich gebe deinen Namen nur weiter, wenn du das willst.«

Sie schüttelte den Kopf. »Ich werde nicht lange genug in der Stadt sein. Sorry.«

Billy griff nach ihrer Hand und blickte darauf hinab,

als stünde dort etwas geschrieben, was er entziffern musste. »Du gehst nach Seattle zurück?« Er ließ es wie eine Frage klingen.

»Natürlich. Ich lebe und arbeite dort.«

Er nickte.

Da sie nicht wollte, dass das Gespräch diesen Kurs weiterverfolgte, wechselte sie das Thema. »Wie sieht Weihnachten denn bei dir aus?«, fragte sie munter, vielleicht eine Spur zu vergnügt.

Billy verstand den Wink mit dem Zaunpfahl. »Ich verbringe es bei meiner Schwester und ihrer Familie. Deine Mutter hat mir die Zeit genannt, zu der ich in meinem Kostüm vorbeikommen und für Peter den Weihnachtsmann spielen soll, viel mehr passiert nicht.«

»Was ist mit deiner Mutter?«

Seine Augen wurden traurig. »Sie ist vor drei Jahren gestorben.«

»Oh, Billy, das tut mir leid. Das wusste ich nicht.«

»Sie hat nie wieder geheiratet, hat ihr ganzes Leben lang nur gearbeitet, und als sie endlich an den Punkt gelangte, wo sie den Ruhestand genießen konnte, bekam sie dieses Virus, das sich in ihrer Lunge festsetzte. Es ging schnell. Bevor wir richtig begriffen hatten, wie ernst es war, war sie schon tot.«

»Hattest du im Lauf der Jahre Kontakt mit deinem Dad?«, fragte sie. Das war eine persönliche Frage, fiel ihr gleich darauf ein, zudem eine, die er vielleicht nicht beantworten mochte.

Billy knetete ihre Finger. Lindy bezweifelte, dass er sich dessen bewusst war. Es erschien ihr wie ein Reflex darauf, dass sie seinen Vater erwähnt hatte.

»Dad hat wieder geheiratet, nachdem er uns an diesem Weihnachten verlassen hat, und eine neue Familie gegründet. Es war, als wollte er noch einmal durchstarten. Mom, Dede und ich waren Teil einer Vergangenheit, die er aus seinem Gedächtnis getilgt hatte. Wir existierten für ihn nicht mehr. Dede hat sich ein paar Mal bei ihm gemeldet, und er hat sie wissen lassen, dass sie unerwünscht war.«

Als sie das hörte, hätte Lindy am liebsten geweint. »Was für ein schlimmer Mensch.« Sie kochte an Billys Stelle vor Wut.

»Er ist auch tot. Er starb bei einem Bootsunfall auf dem Columbia River. Ein anderes Boot rammte seines, das daraufhin sank. Seine Leiche wurde ein paar Tage später gefunden. Mom hat es in den Nachrichten gehört und Dede und mir erzählt.«

Lindy brachte wenig Mitgefühl für den Mann auf, der Billys Kindheit zerstört hatte.

»Die Sache ist die«, fuhr Billy fort, dabei blickte er immer noch auf ihre Hand hinunter, die von seiner viel größeren umschlossen wurde. »Er hat uns einen Gefallen getan, indem er uns verließ. Damals kam uns das nicht so vor. Es fühlte sich an, als wäre unsere gesamte Welt implodiert. Wir zogen für eine Weile zu meinen Großeltern und später in eine kleine Wohnung, und

Mom arbeitete in zwei Jobs. Sowohl Dede als auch ich mussten schnell erwachsen werden. Wir lernten den Wert harter Arbeit und das zu schätzen, was wir hatten. Davor hatten wir ja immer in Angst vor ihm und seinen Wutausbrüchen gelebt. Ohne ihn waren wir besser dran.«

Lindy pflichtete ihm bei und war wieder einmal dankbar für die Liebe und das feste Band zwischen ihren Eltern. Dieselbe Zärtlichkeit und Fürsorge hoffte sie bei ihrem zukünftigen Lebenspartner zu finden.

Ihr fiel auf, dass es an der Bar wieder so voll war wie vorher. Billy musste zur Arbeit zurück.

»Ich fahre nach Hause. Wann soll ich morgen vorbeikommen?«, fragte sie.

»Jederzeit. Ich bin den ganzen Tag da.«

»Du schließt Heiligabend nicht?«

Er schüttelte den Kopf. »Wir sind ausgebucht.«

Sie spürte, dass er gerne früh geschlossen hätte, nicht nur seinetwegen, sondern auch seinem Personal zuliebe.

»Ich bringe dich zu deinem Auto.«

»Billy, das ist nicht nötig. Du hast zu tun.«

»Nicht so viel, dass ich dich nicht zu deinem Auto begleiten kann«, beharrte er.

Als sie ins Freie traten, schneite es leicht. »Ich liebe Schnee so kurz vor Weihnachten«, sagte sie und blickte zum Himmel empor, von dem die Flocken langsam herabschwebten, um die Landschaft in Weiß zu hüllen.

Billy öffnete ihr die Autotür, und nachdem sie im Inneren saß, beugte er sich zu ihr und küsste sie. »Schlaf gut.«

»Du auch«, flüsterte sie.

Billy blieb, von Schnee umwirbelt, auf dem Parkplatz stehen, als sie das Auto auf die Straße lenkte, um zum Haus ihrer Eltern zurückzufahren.

Als sie in die Einfahrt des Familienheims einbog, klingelte ihr Telefon. Sie griff danach und zögerte, als sie den Namen auf dem Display sah. Es klingelte ein zweites und ein drittes Mal, bevor sie den Mut aufbrachte ranzugehen.

»Hallo, Celeste«, sagte sie mit bewusst kühler, ruhiger Stimme.

12

»Frohe Weihnachten«, sagte Celeste, als wären sie immer noch die besten Freundinnen. Als hätte es nicht mehr gegeben als einen freundlichen Austausch bezüglich unbedeutender Differenzen. Als sie die beiden in Leavenworth getroffen hatte, war Billy bei ihr gewesen. Ihn an ihrer Seite zu haben hatte ihr Selbstvertrauen gestärkt.

Lindy blieb stumm. Sie hätte etwas erwidert, wenn sie die richtigen Worte hätte finden können, aber ihr fiel nichts ein.

Celeste tat, als würde sie nichts bemerken, und fuhr fort: »Bist du bei deiner Familie?«

»Ja«, brachte sie dann doch irgendwie über die Lippen. Sie erinnerte sich an die Predigt des Pfarrers vom letzten Sonntag. Das Thema war Verzeihung gewesen. Als Lindy den Gottesdienst verlassen hatte, hatte sie sich tatsächlich befreit gefühlt; so, als wäre eine schwere Last von ihren Schultern genommen worden. Aber jetzt, als sie mit der Freundin sprach, die sie verraten hatte, war sie aber plötzlich nicht mehr sicher, wie sie reagieren sollte.

»Ja, ich auch«, redete Celeste weiter. »Weihnachten ist das Fest der Familie, richtig?«

»Richtig.«

»Brian ist bei seiner Mutter«, sagte Celeste dann, als hielte sie es für notwendig, Lindy dies wissen zu lassen.

Das ergab Sinn, da Brians Eltern sich hatten scheiden lassen, als er auf der Highschool war, und seine Mutter alleine lebte. Brian hatte sich entschieden, zu seiner Mutter zu halten, und weigerte sich, sich mit seinem Vater zu versöhnen. Dem, was er ihr erzählt hatte, hatte sie entnommen, dass er seit Jahren keinen Kontakt mehr zu seinem Vater hatte.

Lindy wusste nicht recht, was sie noch sagen konnte. »Mir ist nicht klar, warum du anrufst«, sagte sie, »zumal so spät«.

Das betretene Schweigen, das nun folgte, flößte Lindy Unbehagen ein. Celeste war zehn Jahre lang ihre beste Freundin gewesen. Sie hatten einander Geheimnisse anvertraut, sich gegenseitig Kleider geliehen, zusammengewohnt und sich so nahegestanden wie Schwestern. Brian zu verlieren war, im Nachhinein betrachtet, wahrscheinlich sogar unvermeidlich gewesen. Der größere Verlust war Celeste.

»Brian und ich waren überrascht, als wir dich in Leavenworth gesehen haben. Ich wollte da noch mehr sagen, wirklich, nur wusste ich nicht, was.«

Das verstand Lindy, war sie doch gleichfalls geschockt gewesen, als sie die beiden gesehen hatte. Aber sie hatte während der Schlittenfahrt Zeit gehabt, die Fassung zurückzugewinnen. Celeste dagegen war komplett überrumpelt worden.

»Du hast toll ausgesehen, und der Typ, den du bei dir hattest, war eine Wucht.«

»Ich kenne Billy von der Grundschule her«, erwiderte Lindy.

»Du hast glücklich gewirkt.«

»Ich bin glücklich«, entgegnete sie ehrlich.

»Das freut mich. Es hilft, dass ich mich besser fühle.«

»Hör zu, Celeste, ich weiß nicht, warum du angerufen hast, aber ich bin froh darüber.«

»Wirklich?« Sie klang unsicher, ängstlich, als rechne sie mit einer Standpauke, die sich gewaschen hatte.

»Ja, weil ich möchte, dass du und Brian wisst, wie sehr ihr mich verletzt habt. Ich habe diese Verletztheit mit mir herumgetragen wie eine schmerzende Wunde, bis mir klar wurde, dass sie nur heilt, wenn ich euch beiden verzeihe und nach vorn schaue. Genau das tue ich. Ich wünsche dir und Brian alles Gute, und das meine ich ernst. Also frohe Weihnachten, Celeste. Und danke für deinen Anruf.«

»Warte …«, bat Celeste. »Ich habe eine halbe Flasche Rotwein gebraucht, um den Mut aufzubringen, dich anzurufen. Bitte lass mich noch das eine sagen.«

»Okay.«

»Es tut mir so leid, Lindy. Ich hätte dir von Brian und mir erzählen sollen. Ich hatte es vor, ich hatte es wirklich vor. Ich fand es schrecklich, wie du herausgefunden hast, dass wir zusammen sind. Wir hätten es dir viel früher sagen sollen.«

»Wenn du Absolution willst, die hast du. Das Leben geht weiter. Ich hätte früher merken müssen, was los war.« Das entsprach der Wahrheit, so schwer es ihr auch fiel, es zuzugeben. »Das Ganze hat sich direkt vor meinen Augen abgespielt, und ich habe es nicht gesehen.«

»Ich … verdiene es nicht, dass du mir verzeihst«, sagte Celeste.

»Ich verzeihe dir um meinetwillen. Die Wut hat mir nur geschadet.« Es war klar, dass Celeste unter massiven Schuldgefühlen litt.

»Danke«, flüsterte sie. »Es tut mir so leid, Lindy. Es tut mir wirklich, wirklich leid.«

Lindy glaubte ihr, dass sie ihr Verhalten ehrlich bereute. Es tat gut, Celeste zu sagen, dass ihr verziehen war, und es auch so zu meinen. »Ich nehme deine Entschuldigung an. Jetzt ist es Zeit, unseren Weg weiterzugehen.«

»Eine Sache noch«, fügte Celeste hastig hinzu. »Eines muss ich noch sagen, bevor wir Schluss machen.«

»Okay.«

»Du bist die beste Freundin, die ich je hatte, und das meine ich aus vollem Herzen. Mir ist klar, dass unsere Freundschaft nie wieder dieselbe sein wird wie früher, und ich weiß, dass die Schuld daran bei mir liegt.

Aber ich hoffe, dass es uns irgendwann in der Zukunft gelingen wird, halbwegs normal miteinander umzugehen.«

»Das wird sich zeigen«, erwiderte Lindy.

»Die Zeit heilt alle Wunden, richtig? Zumindest behauptet das meine Mutter immer. Und Lindy, ich möchte, dass du eins weißt: Du bist talentiert und intelligent, und was immer du auch anpackst, es wird ein Erfolg werden.«

»Danke«, sagte Lindy. Sie fühlte sich gelöster und freier, als es seit Langem der Fall gewesen war.

»Okay«, meinte Celeste schließlich. »Ich habe alles gesagt, was ich dir sagen wollte. Bye, Lindy.«

»Bye, Celeste.«

Im Haus war alles still, als sie hineinging. Ihre Eltern waren bereits zu Bett gegangen. Nach dem Gespräch mit Celeste schwirrte ihr der Kopf. Sie bezweifelte, dass sie schlafen können würde. Sie ging in ihr Zimmer und zog ihren Flanellpyjama an, da sie diese bitterkalten Nächte nicht gewöhnt war. Dann schüttelte sie ihr Kissen auf, setzte sich ins Bett, griff nach ihrem Telefon, scrollte durch Facebook und spielte danach ein paar Onlinespiele. Sie hatte gerade Candy Crush geschafft und war zu einem anderen Spiel übergegangen, als ihr klar wurde, dass sie nur die Zeit totschlug, bis sie würde schlafen können. Aus einer Laune heraus schickte sie Peggy eine Textnachricht.

Bist du noch wach?

Aber ihre Freundin antwortete nicht. Es war nach eins. Jeder mit auch nur einem Funken Verstand schlief um diese Zeit. Es sei denn, Billy war noch auf. Sie zögerte, dann schrieb sie ihm auf die geringe Chance hin, dass er noch wach war.

Bist du schon zu Hause?

Ja. Was ist los?

Ich vermisse dich. Sie hätte das nicht zugeben sollen, aber bevor sie sich deswegen rüffeln konnte, klingelte ihr Telefon.

Es war Billy.

»Du bist wach? Ich dachte, du wärst längst zu Hause und würdest tief und fest schlafen«, sagte er.

»Ja, das dachte ich auch.«

Ihre Stimme musste ihm verraten haben, dass sie etwas bedrückte, denn er fragte: »Hast du Kummer?«

Sie bereute, ihn gestört zu haben, vor allem da sie wusste, wie viele Stunden er damit verbracht hatte, sich um die verschiedenen Probleme zu kümmern, die sein Restaurant so mit sich brachte. »Du bist müde. Wir können morgen darüber reden.«

»Lass uns jetzt darüber reden«, ermutigte er sie auf seine sanfte Art. Obwohl er so erschöpft war, war er bestrebt, sie zu trösten. Das konnte sie nicht zulassen. Nicht nach dem Tag, der hinter ihm lag.

»Ich hätte lieber nicht schrei…«

»Lindy!«

Offensichtlich wollte Billy wirklich wissen, was sie

bedrückte. So kurz wie möglich berichtete sie von ihrem Gespräch mit Celeste.

»Für mich klingt das so, als ob deine Freundin eine Menge Schuldgefühle mit sich herumschleppt.«

»Es tat gut, ihr zu sagen, dass ich ihr und Brian verziehen habe, irgendwie war es befreiend. Und ich habe es ernst gemeint, Billy.« Sie war dankbar für die Gelegenheit, Celeste wissen zu lassen, dass sie ihren Weg weitergegangen war. Aber Verzeihung war eine Sache, Versöhnung eine andere.

»Glaubst du, sie hat sich gemeldet, weil sie dich und mich am Mittwoch gesehen hat?«, fragte er.

»Sie hat es erwähnt, ja.« Lindy verschwieg ihm, dass Celeste ihn attraktiv gefunden hatte.

»Hat sie zufällig den Kuss mitangesehen? Ich wette, das hat sie umgehauen.«

Lindy wusste nicht, was Celeste gesehen oder nicht gesehen hatte. Wenn es jemanden umgehauen hatte, dann sie selbst. Auch das blieb unerwähnt. »Möglich ist es. Ich weiß nicht, was sie gesehen hat; wenn es so war, hat sie jedenfalls nichts davon gesagt.«

»Ich dachte, du hättest mich allein aus dem Grund gebeten, dich zu küssen, weil du wolltest, dass sie das sieht.«

Die Erinnerung an diesen Kuss entlockte Lindy ein Lächeln. »Ich hatte den Eindruck, du warst nicht übermäßig begeistert davon, dass ich dich so offenkundig benutzt habe.«

»Stimmt, aber dieser Kuss … Ich muss es dir sagen, Lindy, er hat meine Welt erschüttert.«

»Meine Welt auch.« Wärme durchflutete sie. »Und jeder Kuss danach hatte dieselbe Wirkung.« Auch das sollte sie Billy eigentlich nicht gestehen, zumal sie beschlossen hatte, dass dies nur ein Urlaubsflirt war. Bezüglich ihrer Lebensplanung hatte sie nicht viel Spielraum. Sie hatte einen Mietvertrag unterschrieben, sie verdiente ihren Lebensunterhalt in Seattle. Und was noch wichtiger war, Lindy hatte sich und Media Blast einiges zu beweisen. Nach Wenatchee zurückzuziehen, nachdem sie von ihrer besten Freundin und Brian betrogen worden war, und den Job aufzugeben, für den sie ausgebildet war und in den sie emotional investiert hatte, würde ihr wie Aufgeben vorkommen. Keinesfalls wollte sie mit eingezogenem Schwanz nach Wenatchee zurückziehen, besonders, da sie tief in ihrem Inneren wusste, dass der Durchbruch greifbar nah war. Das konnte sie nicht tun. Auf keinen Fall würde sie das tun.

»Du bist still geworden. Was denkst du?«

»Dass ich dich ins Bett gehen lassen sollte.«

»Lindy?«

»Ja?«

»Es ist spät. Ich bin todmüde und sollte dich das wahrscheinlich sowieso nicht fragen.« Er zögerte.

»Frag mich«, erwiderte sie weich.

Als er weitersprach, war seine Stimme so leise, dass sie sich anstrengen musste, ihn zu verstehen. »Bleib.«

»Bleib?«, wiederholte sie in der Hoffnung, sich verhört zu haben.

»Ich möchte nicht, dass du nach Seattle zurückgehst. Ich habe das Gefühl, wir stehen am Anfang von etwas, das echtes Potenzial hat. Und ich hasse es, das enden zu sehen.«

13

Am nächsten Morgen schlief Lindy bis zehn Uhr. Ihre Mutter stand in der Küche, als sie aus dem Bad kam, was ihr ein schlechtes Gewissen machte, da sie eigentlich hatte helfen wollen. Ihre Mutter überschlug sich wegen Weihnachten geradezu. Ihre Plätzchenteller, die Heiligabend nach dem Gottesdienst bei Freunden vorbeigebracht wurden, waren Tradition.

»Mom, du hättest mich wecken sollen.« Lindy hatte das Gefühl, neuerdings jeden im Stich zu lassen.

»Ich habe dich letzte Nacht lange telefonieren hören. Du brauchst deinen Schlaf. Hier gibt es nichts, womit ich nicht alleine fertigwerde. Das hier soll dein Urlaub sein, schon vergessen?«

Lindy liebte es, mit ihrer Mutter zu kochen. Einige ihrer Lieblingserinnerungen an die gemeinsame Zeit mit ihrer Mom spielten sich genau in dieser Küche ab. Die Rezepte stammten noch von ihren Großeltern, waren von einer Generation an die nächste weitergegeben worden. Den Obstsalat, die Füllung für den Truthahn und die selbst gemachte Apfelsoße würde sie vielleicht eines Tages für ihre eigene Familie zubereiten.

»Ich möchte helfen«, beharrte Lindy. »Jetzt sag schon, was ich tun soll.«

Ihre Mutter hatte schon das Rezept für den Maisauflauf herausgelegt. Lindy suchte zusammen, was sie benötigte, bereitete alles vor und stellte es dann in den Kühlschrank, damit es am ersten Weihnachtstag nur noch in den Ofen geschoben werden musste.

»Triffst du dich heute Mittag nicht mit Peggy?« Ihre Mutter drehte sich um, um einen Blick auf die Küchenuhr zu werfen.

Sie hatte recht, Lindy musste sich beeilen, sonst würde sie zu spät kommen. Sie küsste ihre Mutter auf die Wange und stürmte zur Tür hinaus; freute sich darauf, ihre Freundin zu sehen. Seit Lindys Ankunft hatten sie beide jeden Tag Zeit miteinander verbracht.

Peggy saß schon in der Pizzeria, als Lindy hereinkam. Sie hatte die Pizza Margherita bestellt, auf die sie sich zuvor geeinigt hatten.

»Frohe Weihnachten.« Peggy lächelte zu Lindy hoch.

Lindy setzte sich. »Frohe Weihnachten.«

Der Kellner kam, um Lindys Getränkebestellung entgegenzunehmen, und ging wieder. »Ich hätte vermutlich etwas Stärkeres nehmen sollen als Diätlimo«, sagte sie.

»Aha? Ich habe heute Morgen erst deine Nachricht von gestern Abend gesehen. Ist was passiert?«

Lindy wusste kaum, wo sie anfangen sollte. Da heute Heiligabend war, wollte sie die Unterhaltung nicht unnötig mit unerfreulichen Themen belasten. Jetzt war nicht der Zeitpunkt, um über Celeste nachzudenken. Auch das nächtliche Gespräch mit Billy wollte sie nicht erwähnen. Trotzdem ging ihr seine Bitte, nicht nach Seattle zurückzukehren, im Kopf herum.

»Alles Mögliche. Das Leben im Allgemeinen passiert mir gerade.«

»Ich hab auch was zu erzählen«, sagte Peggy. »Ich bin froh, dass du dir die Zeit nehmen konntest, dich mit mir zu treffen. Vor allem heute.«

»Klar doch. Was liegt an?«

»Ich weiß, dass ich schon mal kurz von dieser Idee gesprochen habe, und hoffe, dass du offen dafür bist.«

»Okay? Worum geht es denn? Eine weitere Schnitzeljagd? Ein Spiel, das heute um Mitternacht stattfindet? Eine Tour durch die Pubs?«

Peggy lächelte und setzte zu einer Antwort an, als ihre Pizza gebracht wurde. Sie nahmen sich ein paar Minuten, um sich jede ein Stück davon schmecken zu lassen, bevor Peggy ihre Aufmerksamkeit wieder auf Lindy richtete.

»Ich wollte dir einen Vorschlag unterbreiten.« Peggy schien Mühe zu haben, ihre Aufregung zu bezähmen. Sie zappelte förmlich auf ihrem Stuhl herum. »Und zwar einen, von dem ich denke, dass er dir gefallen wird.«

»Was für ein Vorschlag?« Lindys Neugier war geweckt, zumal Peggys schöne dunkle Augen vor Vergnügen funkelten.

»Ich will aber, dass du dich nicht jetzt sofort entscheidest. Du bist ja noch eine Woche in der Stadt, und ich möchte, dass du mir versprichst, die Zeit dazu zu nutzen, in aller Ruhe über alles nachzudenken.«

»Ich bin ganz Ohr.«

»Diese Woche hast du mir doch bei der kleinen Panne mit der Website geholfen.« Sie sagte das so, als könnte Lindy es eventuell vergessen haben.

»Ja.« Es hatte sie ganze fünfzehn Minuten gekostet, für Peggy alles so einzurichten, dass es bestmöglich funktionierte. Das war wirklich nicht weiter schwierig gewesen. Lindy hätte das Problem im Schlaf lösen können.

»Greg, einer der Jungs aus meinem Büro, hat zufällig Marcus davon erzählt, einem Freund von ihm, dem das Rose Bud gehört, ein Blumenladen in der Stadt. Greg hat Marcus auch gesagt, dass du diejenige warst, die die Website der Wine Press bearbeitet hat. Jetzt möchte Marcus wissen, ob du bereit wärst, ihm bei seiner Website zu helfen.«

Prompt flammte eine Idee für eine Blumengeschäft-Seite wie ein gleißender Blitz in ihrem Kopf auf. Das war genau die Art kreative Arbeit, die Lindy am meisten Spaß machte. Der Backendkram nahm Zeit und Mühe in Anspruch, aber der grafische Teil lag ihr sehr, und sie war gut darin. Lindy kannte ihre Stärken und Schwächen. Der CEO bei Media Blast hatte ihre Arbeit gesehen und war der Ansicht gewesen, sie würde am besten in die Firma passen. Deswegen war sie Laurie vorgezogen worden.

»Als Greg mir davon erzählte, sagte ich ihm, du hast Urlaub, und außerdem ist Weihnachten. Und ich werde gar nicht erst fragen, ob du die Blumenladen-Website machst.«

»Aber jetzt hast du mich doch gefragt?«

»Na ja … aufgrund der Branche, in der ich arbeite, habe ich Kontakte zu etlichen Inhabern kleinerer Geschäfte hier in der Gegend. Menschen, die ihre Zeit, Energie und Geldmittel investiert haben, um Chancen für sich und ihre Familien zu schaffen. Diese Familienbetriebe sind das Rückgrat Amerikas.«

Peggy musste Lindy gegenüber keine Lobeshymnen auf diese Leute singen. Sie konnte die harte Arbeit und die vielen Stunden, die Billy in sein Restaurant gesteckt hatte, mit eigenen Augen sehen. Dass er sich dabei aufrieb, bereitete ihr Sorgen.

»Das Problem besteht darin, dass Marcus zwar brillant ist, wenn es um Blumen geht, aber so gut wie nichts über soziale Medien und nutzerfreundliche Websites weiß. Seine Mittel sind in den Aufbau seines Geschäfts geflossen. Wie Billy versucht er, neben dem regulären Ladenbetrieb und dem Bestellen beim Großmarkt auch eine Balance zwischen Lagerbestandskäufen und Cashflow zu etablieren und das Marketing zu bewältigen.«

»Sprich weiter.« Lindy hatte eine ziemlich klare Vorstellung davon, was Peggy gleich vorschlagen würde.

Sie wollte unbedingt hören, dass die Freundin es laut aussprach, obwohl sie nicht sicher war, wie ihre Antwort ausfallen würde.

So, wie Peggys Mundwinkel in dem Versuch zuckten, ein Lächeln zu unterdrücken, schien sie zu wittern, dass Lindy längst interessiert war. »Wie ich schon sagte, eigentlich wollte ich dir von Marcus und dem Rose Bud gar nichts erzählen. In deinem Leben gibt es schon genug Turbulenzen.«

»Stimmt … Aber?«

»Aber dann dachte ich an all die anderen kleinen Firmen in der Stadt, die die Dienstleistungen, die du anbieten kannst, dringend brauchen. Mir ist mühelos ein Dutzend potenzieller Kunden eingefallen, die ich auf die Liste setzen könnte, und das ist nur der Anfang.«

»Peggy.« Lindy hob eine Hand. »Ich weiß, worauf du hinauswillst, und ich muss zugeben, dass es verlockend ist.«

»Gut …«

»Aber«, fuhr Lindy mit Nachdruck fort, »ein Umzug nach Wenatchee kommt zurzeit nicht infrage.«

Sie hasste es einzuräumen, wie reizvoll das alles klang. Leider gab es zu viele Faktoren, die dagegen sprachen. Ganz oben auf der Liste stand das Konzept, das sie für die Ferguson-Gruppe ausgearbeitet hatte. Wenn es angenommen wurde, würde das wochen-, vielleicht monatelange harte Arbeit erfordern.

»Ich bitte dich doch nur, darüber nachzudenken.«

»Auf ein sicheres Einkommen zu verzichten und ein Start-up zu gründen ist eine große Sache. Es bedarf mehr als nur der Investition von Zeit. Da kommen die Umzugskosten dazu, und ich würde die Firma verlassen, die an mich geglaubt und mir vertraut hat. Es ist keine Kleinigkeit, einfach wegzugehen, Peggy. Ich weiß, dass du das verstehst.«

»Natürlich verstehe ich das«, bestätigte Peggy. »Ich kann dein Zögern nachvollziehen und bewundere deine Loyalität gegenüber deinem Arbeitgeber, besonders angesichts des Umstands, wie schwer es war, mit den anderen Teammitgliedern zusammenzuarbeiten. Du könntest eine angemessene Kündigungsfrist einhalten und dir den Weg ebnen.«

»Ein eigenes Geschäft zu betreiben ist ein großes finanzielles Risiko.«

»Das ist richtig.« Wieder stimmte Peggy ihr zu. »Nicht jeder hat genug Ehrgeiz und Antrieb, aber du schon, denke ich. Außerdem würdest du zum Erfolg anderer beitragen. Darin liegt doch ein ganz eigener Reiz.«

Lindy war derselben Meinung, aber das löste keine der anderen drängenden Fragen, auf die sie erst eine Antwort finden musste.

»Da wäre noch mein Apartment«, überlegte sie laut. So verlockend das alles auch war, sie konnte nur die Hindernisse sehen, die ihr im Weg standen. »Ich habe einen Mietvertrag für ein Jahr unterschrieben, und das ist erst halb um.«

»Hast du nicht erzählt, dass Apartments in Seattle Mangelware sind und was für ein Glück du hattest, eines zu finden, das du dir leisten kannst?«

»Ja, das stimmt.«

»Du hättest kein Problem, es notfalls unterzuvermieten, nicht wahr?«

Darüber hatte Lindy noch gar nicht nachgedacht. Kurz nachdem sie eingezogen war, hatten zwei ihrer Kollegen gefragt, ob in demselben Gebäudekomplex noch weitere Apartments frei waren. Zweifellos würde jemand ihren Mietvertrag mit Kusshand übernehmen.

»Es geht um mehr als die Untervermietung meines Apartments«, sagte Lindy. Sie sah Peggy nicht an, weil sie fürchtete, die Freundin würde die Begeisterung in ihren Augen lesen. Bei Peggy klang ein solcher Schritt möglich.

»Ich weiß«, erwiderte Peggy so verständnisvoll, dass Lindy aufblickte.

»So?«, fragte sie.

»Es ist wegen Celeste und Brian.«

Lindy wischte diese Erklärung beiseite. »Ich habe ihnen verziehen. Sie gehören der Vergangenheit an, und ich möchte nicht über sie sprechen. Es ist vorbei.«

»Mag sein, aber vielleicht hast du trotzdem Angst, dass sie, wenn du nach Hause zurückziehst, annehmen werden, es wäre ihretwegen. Dass sie denken, dir ist es nicht gelungen, die Vergangenheit hinter dir zu lassen. Es wäre wie ein Eingeständnis, dass du nicht mit dem fertiggeworden bist, was sie dir angetan haben.«

»Es könnte sich anfühlen, als hätten sie gewonnen und ich verloren.« Lindy erkannte, dass da ein Fünkchen Wahrheit drinstecken mochte. Über was für eine feine Intuition Peggy doch verfügte. So oder so: Eine solche Veränderung würde einiges an Gewissensprüfung ihrerseits erfordern. Erst mal aber hatte sie nur Weihnachten und, obwohl sie es nicht eingestehen würde, auch ihre sich vertiefende Beziehung mit Billy im Kopf. Wenn der Urlaub vorüber und sie zurück in Seattle war, würde sie genug Zeit haben, um diese Entscheidung abzuwägen.

»Es eilt nicht so«, unterbrach Peggy ihre Überlegungen. »Ich bringe es aber jetzt schon zur Sprache, damit du die verschiedenen Möglichkeiten in Betracht ziehen kannst.«

Lindy nickte. »Das werde ich, versprochen.« Und sie nahm sich vor, wirklich ernsthaft darüber nachzudenken, vor allem falls sich die Ferguson-Gruppe für einen ihrer Konkurrenten entschied. Mehr als eine Firma hatte sich um diesen Großauftrag beworben, und den Zuschlag zu bekommen wäre ein Coup für Media Blast und ihre Zukunft bei dem Unternehmen.

»Ich wüsste da noch ein paar andere Anreize, über die du nachdenken kannst, wenn du schon einmal dabei bist.«

»Anreize? Als da wären?«

»Weißt du noch, wie wir uns kennengelernt haben?«

Wenn sie je eine dumme Frage gehört hatte, dann diese. »Natürlich. In der Grundschule.«

»Ich meine den allerersten Tag.«

Lindy durchforstete ihr Gedächtnis, stieß auf nichts und schüttelte den Kopf.

»Meine Familie war aus Tennessee nach Wenatchee gezogen, und wir waren eine von nur einer Handvoll farbiger Familien in der Nachbarschaft. An meinem ersten Schultag habe ich keinen einzigen anderen Menschen gesehen, der so aussah wie ich. Ich kam mir vor wie eine Außerirdische; hatte mich nie verlassener oder mehr fehl am Platz gefühlt.

Beim Mittagessen saß ich alleine an einem Tisch. Dann hast du dein Tablett neben meins gestellt und mich gefragt, ob ich Rollerblades hab. Als ich bejahte, ludst du mich ein, zu dir nach Hause zu kommen. Du warst meine erste echte Freundin hier.«

»Wirklich?« Lindy erinnerte sich nicht daran. Sie hatte es geliebt, Peggys Südstaatenakzent zu hören, den sie im Lauf der Jahre komplett abgelegt hatte. »Ich weiß nur noch, wie viel Spaß wir hatten und wie schnell du meine beste Freundin wurdest.«

»Und du meine«, echote Peggy. »Jetzt ist es an der Zeit, dass ich mich dafür revanchiere.«

Lindy war sich nicht sicher, ob sie verstand, was Peggy meinte. Die Frage musste sich in ihrem Gesicht widergespiegelt haben, denn Peggy setzte zu einer Erklärung an.

»Jetzt bin ich an der Reihe, deine Freundin zu sein, wenn du eine brauchst. Ich sehe, wie sehr du dich geöffnet hast und wie viel befreiter du wirkst, seit du hier bist. Und ich hasse die Vorstellung, dass du zurückgehst und von der Maschinerie verschluckt wirst, die dir alle Lebensfreude geraubt hat.«

Lindy wusste, dass dies zutraf. Sie hatte Santa um eine beste Freundin gebeten, und direkt nachdem sie das niedergeschrieben hatte, war sie Peggy begegnet, und es war sofort wieder wie in alten Zeiten gewesen. Als wären sie nie getrennt gewesen. Die Abende, die sie mit Peggys Freundinnen Chloe und Jayne verbracht hatte, waren die erfrischende Stärkung gewesen, die sie brauchte. Chloe und Jayne hatten sie aufgenommen, als hätte Lindy schon immer zu ihrer kleinen Gruppe gehört.

»Selbst wenn ich in die Stadt zurückziehen würde …«, dachte Lindy laut nach. Zwar verstand es sich von selbst, dass sie so lange wie nötig bei ihren Eltern wohnen konnte, aber es erschien ihr nicht richtig. Im Haus ihrer Kindheit zu leben wäre ein gewaltiger Rückschritt.

»Selbst wenn was?«, bohrte Peggy nach.

»Wo sollte ich wohnen? Ja, ich könnte wieder zu meinen Eltern ziehen, aber das ist das Letzte, was ich möchte. Versteh mich nicht falsch, ich liebe meine

Familie. Sie sind alle großartig, aber ich bin näher an dreißig als an fünfundzwanzig.«

»Das ist der beste Teil meines Plans.«

»Na, da bin ich aber gespannt.«

»Das habe ich mir bis zuletzt aufgehoben, weil es so toll ist«, verkündete Peggy. »Ich brauche eine Mitbewohnerin.«

Lindy war in Peggys geräumiger Wohnung gewesen, die fast doppelt so groß war wie ihre in Seattle. Sie hatte drei Zimmer und lag in einer guten Gegend. Der Lebensmittelladen und das Einkaufszentrum ermöglichten es, alles Notwendige zu Fuß zu besorgen. Da der Gebäudekomplex ein Neubau war, wusste Lindy nicht, ob sie sich auch nur die Hälfte der Miete würde leisten können.

»Wie hoch ist deine Miete?«, fragte sie.

Peggy sagte es ihr, und es war nur halb so viel, wie Lindy in Seattle bezahlte. Wären sie zu zweit, müsste Lindy ein Viertel von dem bezahlen, was sie das Wohnen in Seattle kostete.

»Das ist annehmbar«, gab sie gezwungenermaßen zu. »Doch es gibt keine Garantie, dass ich genug Aufträge bekomme, um meinen Lebensunterhalt zu bestreiten. Ich habe ein paar Ersparnisse, aber …«

Peggy unterbrach sie. »Glaub mir, Greg und ich können dir genug Arbeit für die nächsten sechs Monate verschaffen, und das ohne große Mühe. Diese Gegend lechzt nach jemandem, der bei den sozialen Medien und Websites hilft. Du würdest eine echte Marktlücke füllen.«

Peggy schien an alles gedacht zu haben. Lindy war dankbar, dass sie ihr Zeit und Raum gab, um sich diesen Schritt gründlich zu überlegen.

»Du wirst wahrscheinlich bemerkt haben, dass ich den wahren Clou gar nicht erwähnt habe. Den Punkt, von dem ich denke, dass er wahrscheinlich den größten Anreiz für dich darstellen wird, Seattle zu verlassen.« Peggy warf ihr einen wissenden Blick zu.

»Und was wäre das für ein Punkt?«

Ein Lächeln breitete sich über Peggys Gesicht aus. »Billy Kincade. Er ist verrückt nach dir, und wenn ich die Zeichen richtig deute, was ich bekannterweise gelegentlich tue, empfindest du für ihn genauso.«

Lindy hielt sich lieber bedeckt. »Wir hatten ein paar nette Begegnungen«, erwiderte sie widerstrebend. Peggy hatte in ihr gelesen wie in einem offenen Buch. Billys Bitte zu bleiben, lag definitiv auf dem Tisch, obwohl Lindy sie gar nicht erwähnt hatte.

»Dann sage ich mal voraus, dass die guten Begegnungen zwischen Billy und dir weitergehen … Jedenfalls werde ich warten, bis du deine Entscheidung triffst, bevor ich nach einer anderen Mitbewohnerin suche.«

Das war nett von ihr. Lindy stimmte mit einem raschen Nicken zu. »Du hast mir mit Sicherheit Stoff zum Nachdenken gegeben.«

»Gut. Jetzt feier mit deiner Familie ein wundervolles Weihnachtsfest, und wir treffen uns in ein paar Tagen wieder.«

Lindy nickte. »Und, Peggy, danke für deine Freundschaft und Unterstützung – du ahnst ja gar nicht, wie viel mir das bedeutet.«

Inzwischen war ihre Pizza kalt, und Lindy gab Peggy die eingepackten Reste mit. Gemeinsam verließen sie die Pizzeria. Peggy ging zum Haus ihrer Eltern, Lindy zu der Stelle, wo sie ihr Auto geparkt hatte.

Als sie die Straße überquerte, fiel ihr Blick auf Santa Claus. Er parkte neben ihr, und sie hatte ihn die Pizzeria betreten sehen. Es war derselbe, auf dessen Schoß sie in Leavenworth gesessen hatte. Sie hatte ihn sofort wiedererkannt.

»Frohe Weihnachten, Santa«, sagte sie und blieb neben ihm stehen.

Er drehte sich zu ihr um, lächelte und schmetterte ein fröhliches: »Ho, ho, ho!« Dann nahm er einen großen Sack von der Ladefläche seines Trucks, schwang ihn über seine Schulter und blickte ihr entgegen.

»O ja, ich erinnere mich an dich«, sagte er freundlich.

»Ich war am Mittwoch in Leavenworth bei dir.«

»Ja, ja. Du sagtest, du hättest mir einen Brief geschrieben.«

»Aber du hattest ihn noch nicht gelesen.«

»Stimmt, aber inzwischen habe ich ihn gelesen, und

da ich weiß, dass du das ganze Jahr lang ein braves Mädchen warst, erfülle ich dir gern jeden deiner Wünsche.«

»Danke, Santa.« Was für ein Spaß. Dieser Bursche spielte seine Rolle eindeutig gut.

»Ich erinnere mich an einen Brief aus deiner Kindheit, in dem du dir Rollerblades gewünscht hast.« Er rieb mit der Hand über seinen Bart.

Rollerblades waren wahrscheinlich eine weitverbreitete Bitte von Kindern. »Du solltest wissen, dass ich mir den Arm gebrochen habe, als ich geübt habe, mit den Dingern klarzukommen.« Es bereitete ihr Vergnügen, ein wenig zu sticheln.

»Das ist nicht das Einzige, was gebrochen war, stimmt's? Ein gebrochenes Herz tut genauso weh wie ein gebrochener Arm.«

Lindy blinzelte und musterte ihn forschend. »Du scheinst viel über mich zu wissen, Santa.«

Zur Antwort grinste er. »Sag mal, meine Liebe, wie gut bist du darin, Zuckerstangen an kleine Jungen und Mädchen zu verteilen?«

»Warum fragst du?«

»Nun, zum einen brauche ich kurzfristig eine Assistentin, und zum anderen glaube ich, dass du was auf dem Herzen hast. Vielleicht brauchst du einen Zuhörer.«

Santa hatte recht. Ganz sicher brauchte sie einen Zuhörer.

14

Im Children's Closet, dem Kindermodengeschäft, wartete eine lange Schlange von Erwachsenen mit kleinen Kindern auf die Ankunft des Weihnachtsmanns. Er reichte Lindy eine Santa-Mütze und einen Behälter mit Zuckerstangen. Ihr Job bestand darin, für Ordnung in der Schlange zu sorgen und dafür, dass jedes Kind die Gelegenheit bekam, etwas Zeit mit ihm zu verbringen.

Als Santa sie um ihre Hilfe bat, hatte Lindy zunächst gezögert. Aber da war die Art gewesen, wie er sie gemustert hatte, als wüsste er von der anstehenden Entscheidung, die sie belastete. Vielleicht konnte er ihr einen guten Rat geben. Sie wäre jedenfalls mehr als bereit, ihm zuzuhören.

Sowie Santa seinen Platz eingenommen hatte und die Kinder eines nach dem anderen vortraten, war Lindy von der Magie des Augenblicks gefangen. Die Gespräche zwischen Santa und den Kindern sowie deren Eltern machten ihr wirklich Spaß. Er spielte seine Rolle perfekt, stellte den Kindern alle möglichen Fragen und schien einige von ihnen auch zu kennen, da er sich nach Dingen erkundigte, die ein Fremder nicht wissen konnte. Sie erinnerte sich an ihre eigene Begegnung mit ihm an dem Tag in Leavenworth, als sie auch das Gefühl gehabt hatte, er kannte sie. Der Typ war gut, das musste sie ihm lassen. Wirklich gut, und zwar gleichermaßen mit den Kindern wie mit den Erwachsenen.

Die meisten Kids brannten darauf, mit dem Weihnachtsmann zu sprechen, während ein paar andere sich ängstlich an ihre Mütter klammerten.

»Hast du einen Weihnachtswunsch, den du Santa sagen willst?«, fragte sie das nächste Kind in der Schlange, das geduldig wartete. Das kleine Mädchen, das ungefähr fünf sein mochte, nickte eifrig. »Es ist aber ein Geheimnis. Ich kann es nur Santa sagen.«

»Er ist ein guter Zuhörer«, versicherte Lindy ihr.

»Ich habe ihm auch einen Brief geschrieben.«

»Ich auch«, sagte Lindy zu ihr.

»Hat er ihn gelesen?«, fragte die Kleine mit runden, neugierigen Augen.

»Ja, hat er«, erwiderte Lindy lächelnd.

Als das Mädchen an der Reihe war, rannte es zu Santa und sprang geradezu auf seinen Schoß. Lindy konnte nicht hören, was das Kind sagte, aber Santa lachte dröhnend und umarmte es liebevoll, bevor er es entließ.

Ein kleiner Junge fiel Lindy auf. Er wirkte traurig und von Sorgen gequält.

»Meine Schwester ist krank«, sagte er, als er schließlich an der Reihe war, auf Santas Schoß zu sitzen.

»Wenn du ihr helfen kannst, wieder gesund zu werden, brauche ich keine Weihnachtsgeschenke.«

Santa nickte, als wüsste er über das kranke kleine Mädchen Bescheid. »Leider muss die kleine Anna operiert werden, aber weißt du was?«, entgegnete er. »Ich glaube, sie wird die bestmögliche Pflege bekommen und bald wieder zu Hause sein. Hab keine Angst.«

»Danke, Santa.«

»Und Buddy, ich glaube, du musst später doch einmal unter dem Weihnachtsbaum nachschauen. Ich hab da nämlich was für dich besorgt.«

Als sie das Gespräch hörte, fürchtete Lindy zuerst, Santa könnte dem Kind falsche Hoffnungen machen, aber dann sah sie, wie der kleine Junge bei dieser Nachricht zu strahlen begann. Lindy schickte ein stummes Gebet gen Himmel und bat Ihn, Santas Worte wahr werden zu lassen.

Ein Fotograf wurde nicht gebraucht, da alle Eltern Handys dabeihatten und in den wenigen Minuten, die die Kinder auf Santas Schoß saßen, Dutzende von Bildern machten. Unvermittelt fragte Lindy sich, wie Santa für seine Arbeit bezahlt wurde, und kam zu dem Schluss, dass das Geschäft, in dem die Sache stattfand, ihn vermutlich engagiert hatte.

Santas Geduld im Umgang mit den Kindern versetzte sie in Erstaunen. Sogar mit den weinenden, zappelnden kam er zurecht, beruhigte sie, so dass sie mit großen, staunenden Augen zu ihm aufblickten.

Santa war für drei Stunden gebucht, und die Zeit flog nur so dahin. Lindy kam es so vor, als hätte sie ihm nur ein paar Minuten assistiert, als die Ladeninhaberin verkündete, dass die Zeit um war. Der Laden schloss an Heiligabend früher.

»Wir können Ihnen gar nicht genug danken, Santa«, sagte die Frau. »Sie wissen gar nicht, was das für uns und unseren kleinen Laden bedeutet.«

»Ich habe jede Minute genossen«, gab er zurück.

»Sind Sie sicher, dass Sie nichts annehmen wollen … Wir haben gute Umsätze gemacht, während Sie da waren.«

Abwehrend hob er die Hand. »Es war mir ein Vergnügen.«

Also wurde der Weihnachtsmann nicht bezahlt. Er verschenkte seine Zeit. Dass er das ehrenamtlich für die Kinder tat, beeindruckte Lindy tief.

Sie reichte Santa den Behälter mit den wenigen Zuckerstangen, die übrig waren. »Du warst wundervoll«, schwärmte sie.

»Bin schon eine ganze Weile dabei«, erwiderte Santa, stand auf, streckte sich und rollte die Schultern.

»Das merkt man.«

»Jetzt, meine Liebe, bist du an der Reihe.«

»Bist du sicher? Du musst müde sein.«

Er blickte auf die Uhr. »Überhaupt nicht. Ich muss nur ein wenig auf die Zeit achten. Ich habe noch einen hektischen Abend vor mir.«

Santa würde also noch eine Reihe von Auftritten zu absolvieren haben.

»Wie wäre es, wenn wir eine heiße Schokolade trinken und ein wenig plaudern?« Er ging voran, bevor sie ablehnen konnte.

Das kleine Café auf der anderen Straßenseite hatte geöffnet, und er hielt Lindy die Tür auf. Sie hätte wissen müssen, dass Santa ein Gentleman war.

»Ich übernehme das«, sagte Lindy, als sie auf die Theke zusteuerte, um ihre Bestellung aufzugeben.

»Unsinn, ich schulde dir etwas für deine Hilfe heute Nachmittag«, beharrte er. »Außerdem muss der Weihnachtsmann selten bezahlen. Die Leute scheinen zu glauben, eine gute Tat würde sämtliche ihrer Verfehlungen in diesem Jahr wettmachen.« Er kicherte, geleitete sie zu einem Tisch und rückte ihr den Stuhl zurecht.

Als er zur Theke ging, um zu bestellen, grübelte Lindy darüber nach, was sie ihm möglicherweise anvertrauen konnte oder ob sie überhaupt etwas sagen sollte. Und wie Santa musste auch sie auf die Zeit achten. Billy hatte sie gebeten, an diesem Nachmittag bei der Wine Press vorbeizukommen, und außerdem musste sie früh genug zu Hause sein, um ihrer Mutter zu helfen, das Kirchengruppentreffen vorzubereiten, das nach dem abendlichen Gottesdienst stattfand.

Santa kam mit zwei Bechern mit dampfendem Kakao wieder und stellte sie auf den Tisch. Nachdem er sich gesetzt hatte, sah er sie eindringlich an. Sein Blick war weich, verständnisvoll und mitfühlend. »Jetzt erzähl mal, womit du dich herumschlägst. Entscheidungen sind leichter zu fällen, wenn du die Pros und Kontras abwägst.«

Wenn das doch nur so einfach wäre. »Wie kommst du darauf, dass ich eine Entscheidung treffen muss?«, fragte sie und legte den Kopf schief, während sie ihn betrachtete. Dieser Mann schien weitaus mehr über sie zu wissen, als er sollte.

»Ich bin Santa«, sagte er, als wäre jede weitere Erklärung überflüssig.

Dieser Mann wollte sie verkohlen, aber egal, wahrscheinlich hatte er die Unterhaltung zwischen ihr und Peggy in der Pizzeria mit angehört.

»Nun zu deiner Entscheidung. Lebst du gerne in der Großstadt?«

»Mir gefällt es in Seattle.«

Er nickte; ermutigte sie zum Weitersprechen. »Ich habe Spaß an den dort verfügbaren kulturellen Angeboten. Celeste und ich …« Sie war drauf und dran gewesen, die Broadwayshows zu erwähnen, die sie hatten besuchen können, die Sportveranstaltungen, die Shoppingmöglichkeiten und die guten Restaurants. Lindy vermisste diese Freundinnen-Aktivitäten sehr. Mit Männern auszugehen war etwas ganz anderes, als Zeit mit ihrer besten Freundin zu verbringen.

»Ah, Celeste«, sagte er kopfschüttelnd. »Sie hat sich als echte Enttäuschung erwiesen, nicht wahr?«

Lindy nickte nur, wollte nicht über die Vergangenheit sprechen. Santa hatte eindeutig ihr Gespräch mit Peggy mitangehört. Allerdings konnte sie sich nicht erinnern, ihre frühere Mitbewohnerin erwähnt zu haben.

»Was ist mit Media Blast? Hält die Arbeit da dich zurück?«

Wie hatte Santa herausgefunden, dass sie bei Media Blast arbeitete? Angesichts dessen, wie viel er von ihrer Unterhaltung mitbekommen hatte, war sie versucht, sich zu erkundigen, ob er die Pizza mit oder ohne Anchovis genommen hatte.

»Lindy?«, hakte Santa nach.

»Nicht nur«, beeilte sie sich zu sagen. »Sie zahlen gut, und ich arbeite gern dort.« Allmählich fand sie es mehr als nur ein bisschen gruselig, dass Santa all dies wusste. Sie warf ihm einen misstrauischen Blick zu, dem er mit sanfter Geduld standhielt.

»Dich selbständig zu machen wäre ein Sprung ins kalte Wasser. Und ein großes Risiko. Der springende Punkt ist doch, dass du absolut imstande wärst, es zu schaffen.«

Sein Vertrauen in sie rührte sie fast zu Tränen.

»Aber«, fuhr er fort, »gibt es da nicht noch etwas – oder besser jemanden –, der dir die Entscheidung schwer macht? Du möchtest dieser neuen Liebesgeschichte eine Chance geben, traust dich aber nicht recht. Stimmt's?«

Lindy blickte verschämt auf ihren Becher.

»Billy Kincade ist nicht mehr der Lausejunge, der er einmal war. Er hat sein Verhalten geändert und unterwegs einige harte Lektionen gelernt. Ich muss sagen, ich bin ziemlich stolz auf diesen jungen Mann.«

O ja, Billy. Er war mit ihr in Leavenworth gewesen, als sie Santa zum ersten Mal gesehen hatte. Sie hatte bereits beschlossen, ihm nichts von Peggys Idee zu erzählen, da sie wusste, dass er sie sofort überredet hätte zu bleiben. Er wollte ja auch, dass sie Seattle verließ und zurück nach Wenatchee zog. Die Versuchung war groß nachzugeben, alles, wofür sie in Seattle gearbeitet hatte, zurückzulassen und im Grunde genommen noch einmal ganz von vorne anzufangen.

»Du zögerst wegen des Projekts, das du auf den Weg gebracht hast, richtig?«

Lieber Himmel, Santa musste direkt neben ihr gesessen haben, um so viele Informationen aufgeschnappt zu haben.

»Genau, es gibt da ein großes Projekt, für das ich einen Vorschlag eingereicht habe«, sagte sie. Sie hatte so viel Zeit, Mühe und Herzblut in dieses Konzept investiert und vorher lange auf so eine Chance gewartet.

»Wie es aussieht, hast du vieles zu bedenken, Lindy.«

»Das stimmt«, bestätigte sie. Sie sah, dass er ausgetrunken hatte und scheinbar bereit war zu gehen. »Danke, dass du mir zugehört hast.«

»Es war mir ein Vergnügen.«

»Du bist sehr nett, Santa.«

Er tat ihr Lob mit einem Achselzucken ab und schob seinen Stuhl zurück.

Lindy erhob sich ebenfalls und ließ die Hälfte ihres Kakaos stehen. Gemeinsam verließen sie das Café und gingen auf den Parkplatz zu.

Es war schon spät; der Himmel verdunkelte sich. Um halb fünf würde es stockfinster sein. Lindy hatte den Winter im pazifischen Nordwesten immer geliebt, weil er ihr die Möglichkeit bot, die Nordlichter zu beobachten. In Seattle machten die Lichter der Stadt dies unmöglich.

»Noch mal danke, Santa«, sagte sie, als er auf seinen Truck zustapfte. »Und ich wünsche dir eine gute Nacht.«

»Die werde ich haben. Das ist die beste Nacht des Jahres für mich und die Missus. Die Planung dafür beginnt immer schon im Januar. Falls du dich entscheidest, diesen Sprung ins kalte Wasser zu wagen, dann schreib mir einen Brief und gib mir Bescheid. Ich hatte immer Spaß an deinen Briefen.«

Lindy wartete, bis der Innenraum ihres Autos warm wurde und die Scheiben abtauten, bevor sie sich auf den Weg zu Billy machte.

Er hatte ihr erzählt, dass das Restaurant ausgebucht war, deshalb wunderte sie sich nicht, dass es ein paar Minuten dauerte, bis sie einen Parkplatz fand. Was sie schockte, war der Umstand, wie voll der Barbereich am Heiligabend zu sein schien. Man hätte doch gedacht, dass die meisten Leute zu Hause bei ihrer Familie sein wollen würden. Billy schenkte Wein aus, und als er sie bemerkte, erhellte ein warmes Lächeln sein Gesicht. Sie waren beide davon ausgegangen, dass es sich lediglich um einen Urlaubsflirt handeln würde. Das hatte sich in den letzten paar Tagen aber irgendwie geändert. Für Billy und, so widerwillig sie es zugab, auch für sie selbst.

Da sie ihn nicht stören wollte, schob sie sich auf einen Barhocker und ließ ihn seine Arbeit machen. Doch schon bald kam er auf sie zu.

»Hallo«, sagte er. Seine Augen leuchteten auf.

»Frohe Weihnachten«, gab sie zurück.

»Frohe Weihnachten«, sagte er. Ein paar Minuten später erschien seine Vertretung, und er kam um die Theke herum zu ihr.

Billy nahm ihre Hand, führte sie in sein Büro und schloss die Tür. Im nächsten Moment lag sie in seinen Armen, und er küsste sie, als wäre dies die Schlussszene eines romantischen Weihnachtsfilms. Sie schlang die Arme um seinen Hals und überließ sich seinen Lippen.

»Wow«, flüsterte sie, als sie sich endlich voneinander lösten. »Wofür war das denn?«

»Ich habe dich vermisst«, flüsterte er zurück.

Es war keine vierundzwanzig Stunden her, dass sie zuletzt zusammen gewesen waren. Wie groß würde die Sehnsucht erst sein, wenn sie sich tage- oder oder gar wochenlang nicht sehen konnten?

»Du hast zu tun.«

»Nächste Woche ist es weniger hektisch«, versprach er. »Ich nehme mir frei, damit wir zusammen sein können. Habe ich nicht gehört, dass du Peter ein Schlittenabenteuer versprochen hast? Ich wäre sehr gern dabei.«

Lindy bezweifelte, dass Billy wusste, worauf er sich da einließ. »Gut, du bist uns willkommen.«

»Ich habe den Schnee schon immer geliebt. Eine Weile bin ich sogar Snowboard gefahren.«

Es gab so viel von seinem Leben, von dem sie noch gar nichts wusste – seine Vorlieben und Abneigungen. Sie hoffte, in der gemeinsamen Zeit mehr zu erfahren und im Gegenzug auch mehr von sich preisgeben zu können. Billy schien das Beste aus der Urlaubszeit machen zu wollen, die ihr noch blieb, und Lindy teilte diesen Wunsch. Was die Woche nach Weihnachten, bevor sie nach Seattle zurückkehrte, für ihre Zukunft bedeuten würde, konnte sie nicht sagen. Nur eines stand für sie fest: Zusätzliche Zeit mit Billy zu verbringen würde ihr die Entscheidung nur noch schwerer machen.

»Morgen bin ich ja bei euch daheim, um für Peter den Weihnachtsmann zu spielen.«

»Chad und Ashley wollen gegen Mittag da sein, ab da kannst du jederzeit vorbeikommen.« Sie erinnerte sich, dass ihre Mutter ihn gebeten hatte, um drei Uhr zu kommen, aber sie wollte egoistischerweise nicht bis zum Nachmittag warten, um ihn zu sehen.

»Ich werde unter Glockengeläut eintreffen«, sagte er und lächelte.

»Da wir gerade von Santa reden«, erwiderte sie. »Ich habe ihn heute zufällig getroffen.«

»Oh? Vergiss nur nicht, dass ich der einzige Santa bin, den es für dich gibt.«

Sie musste eine merkwürdige Miene zur Schau getragen haben, denn er wurde streng.

»Erzähl mir nicht, dass du dich in diesen anderen Santa verliebt hast!«

»Nein, natürlich nicht. Es war derselbe Weihnachtsmann wie in Leavenworth. Er schien von den Briefen zu wissen, die ich ihm geschrieben habe … Das war komisch.« Sie schüttelte den Kopf. »Jedenfalls brauchte Santa bei einem seiner Auftritte meine Hilfe. Er war fantastisch im Umgang mit all den Kindern.«

»Genau das macht ihn aus«, entgegnete Billy. »Jedes Kind schreibt irgendwann mal an Santa, also ist es ein Teil seiner Routine, dass er die Briefe erwähnt.«

»Du hast recht.« Trotzdem schien Lindy mehr hinter der Sache zu stecken. Santa hatte so viel von ihr gewusst.

»Sollen wir am Sechsundzwanzigsten in den Stadtpark gehen?«, fragte Billy und lenkte so ihre Gedanken von Santa weg und auf das Versprechen zurück, das sie Peter gegeben hatte.

»Klar.« Lindy hatte keine anderen Pläne, und Peter hatte sie schon mehrere Male gefragt, wann sie denn endlich Schlitten fahren würden. »Das klingt super. Bist du sicher, dass du dich loseisen kannst?«

»Ich werde es einrichten«, gab er zurück.

Lindy wusste, dass Billy wegen der Feiertage wahnsinnig viel gearbeitet hatte. Er brauchte eine Pause. »Wenn es nicht klappt, verstehe ich das. Die Wine Press ist wichtiger.« Das meinte sie absolut ernst. »Wir haben noch die ganze nächste Woche«, erinnerte sie ihn.

»Sieben Tage erscheinen mir nicht annähernd lange genug«, widersprach er. »Mir graut schon vor dem Gedanken, dass du nach Seattle zurückkehrst.«

Lindy wurde klar, dass sie zurückfahren musste, egal wie ihre Entscheidung ausfiel. Trauer überfiel sie.

Billy schloss die Augen. »Ich schätze, es ist falsch von mir, mir zu wünschen, dass du bleibst.«

»Nicht falsch, Billy. Es macht mich glücklich, dass du so empfindest. Es ist nur so, dass Seattle der Ort ist, wo ich lebe.«

Er senkte den Kopf. »Ich weiß nicht, wie oft ich es schaffen werde wegzukommen, zumal an den Wochenenden.«

»Ich weiß.« Da er nun einmal ein Restaurant besaß und führte, war ihr nur zu gut bewusst, welchen Beschränkungen sie unterliegen würden. An den zwei hektischsten Tagen und Nächten der Woche musste er für sein Personal und die Gäste verfügbar sein. Sein freier Tag war der Mittwoch, und es war eher unrealistisch, dass er an einem Tag nach Seattle und zurück fahren würde.

Lindy wusste, dass es ein Fehler wäre, Peggys Idee

zu erwähnen. Wenn sie sich entschied, ihr eigenes kleines Unternehmen zu gründen, könnte er das für ihre Art halten, ihm zu verstehen zu geben, dass sie nicht genug an sie beide als Paar glaubte. Was von der Wahrheit nicht weiter hätte entfernt sein können.

Sie verließ das Restaurant und fuhr, von trüben Gedanken geplagt, nach Hause. Energisch schüttelte sie sie ab, entschlossen, das Beste aus Heiligabend zu machen. Schließlich verbrachte sie doch das wichtigste Fest des Jahres mit ihrer Familie: die Geburt des Jesuskindes.

15

Ihre Mutter hatte ein kleines, aus Aufschnitt und Käse bestehendes Abendessen vorbereitet, damit sie rechtzeitig zum Weihnachtsgottesdienst kamen. Ihre Eltern luden traditionell nach dem Gottesdienst ihre Sonntagsschulklasse zu Plätzchen und heißem Cider ein. Ihre Mutter hatte wochenlang Plätzchen gebacken und sie eingefroren, so dass sie jedem Gast einen Berg selbst gebackener Kekse mitgeben konnte.

Chad, Ashley und Peter gingen nach der Kirche zu Ashleys Eltern zum Feiern. Ashley hatte vier Geschwister, was viel Chaos und Spaß verhieß.

Schon bevor sie die Kirche betraten, konnte Lindy den Chor singen hören. Die volle Kirche war sowohl innen als auch außen hell erleuchtet. Die Krippenszene war im Schnee draußen arrangiert und wurde von einer leichten weißen Schicht überzogen, als vom Wind verwehte Flocken träge vom Himmel zu schweben begannen.

Sie blickte sich um und genoss die festliche Atmosphäre. Sogleich war ihr leichter ums Herz. Die große Entscheidung musste weder heute noch morgen getroffen werden. Sie hatte Zeit. Sie blickte auf das Kind in der Krippe und wusste mit einem Mal, dass Gott sie lenken würde.

Der Heilige Abend war eine Zeit der Freude und des festlichen Beisammenseins. Eine Zeit für die Familie. Eine Zeit, um all das Gute im Leben zu würdigen, wovon es so viel gab. Das war kein einfaches Jahr gewesen, und sie war froh, es hinter sich zu lassen, und trotzdem gab es vieles, wofür sie dankbar sein konnte. Sie hatte nur eine Weile gebraucht, um das zu verstehen.

Der Gottesdienst begann mit dem Singen altvertrauter Weihnachtslieder. *Stille Nacht*, *Im Stroh in der Krippe* und *Wir sind die drei Könige* gehörten zu Lindys Lieblingsliedern. Sie sah, dass einige Kinder bereits ihre Schlafanzüge und Hausschuhe trugen, und erinnerte sich, dass sie ebenfalls in ihrem Schlafanzug zum Abendgottesdienst gekommen war, was in einem anderen Leben gewesen zu sein schien. Nach dem Gottesdienst hatten Chad und sie immer sofort ins Bett gewollt, da sie dachten, wenn sie sofort schlafen gingen, würde der Morgen schneller kommen, und sie würden ihre Geschenke auspacken können. Chad war noch klein genug gewesen, um an Santa zu glauben, und ihm zuliebe tat Lindy so, als wäre es bei ihr genauso. Sie wünschte ihrem kleinen Bruder dieselben wundervollen Weihnachtserfahrungen, die sie selbst gemacht hatte.

Als sie nach dem Gottesdienst die Kirche verließ, wanderte Lindys Blick zu der lebensgroßen Krippenszene auf dem schneebedeckten Rasen. Dort kniete neben der Krippe der Mann, den sie sofort als den Santa erkannte, dem sie früher am Tag assistiert hatte. Sie wollte ihn ihrer Mutter zeigen, doch da war er verschwunden.

»Lindy, ist etwas?«, fragte ihre Mutter.

Sie schüttelte den Kopf. »Ich dachte, ich hätte jemanden gesehen, den ich kenne, aber ich habe mich geirrt.«

Von der Kirche aus gingen mehrere Familien mit zum Haus der Carmichaels. Es dauerte nicht lange, bis jeder Fleck im Wohnzimmer und den anderen Räumen besetzt war. Lindy half beim Bedienen der Gäste und genoss die unzähligen angeregten Unterhaltungen, während sie herumging, Gläser füllte und Plätzchen reichte.

»Es ist so schön, dich zu sehen, Lindy.« Das hörte sie immer wieder, und sie wurde es nie leid. Die meisten dieser Freunde ihrer Eltern hatten Lindy fast ihr ganzes Leben lang gekannt. Sie standen ihnen so nahe wie Familienmitglieder.

Es war nach elf, bevor das Haus wieder still war. Lindy schickte ihre Eltern zu Bett, da sie nach dem turbulenten Tag erschöpft waren. Sie füllte die Spülmaschine, stellte sie an und ging dann ebenfalls in ihr Zimmer. Dort setzte sie sich im Bett auf, blickte zu ihrem Nachtschränkchen hinüber und sah den Brief, den sie erst vor einer Woche an Santa geschrieben hatte.

Sie griff danach und begann erneut zu lesen.

Anders als in ihrer Kindheit schlief Lindy am Morgen des ersten Weihnachtstages lange. Ihre Mutter hatte bereits den Truthahn im Ofen, als Lindy in die Küche kam.

»Frohe Weihnachten, Mom«, sagte sie und gab ihrer Mutter einen Kuss auf die Wange.

»Frohe Weihnachten«, sagte ihre Mutter. »Ich glaube, das ist das beste Weihnachtsfest überhaupt.«

Ihre Mutter sagte jedes Jahr dasselbe.

»Das glaube ich auch«, erwiderte Lindy, und dieses Weihnachten empfand sie das noch stärker als sonst. Ihr Leben schien eine positive Wende genommen zu haben. Egal wie es bei Media Blast weiterging, sie wusste, dass sie bei diesem letzten Projekt ihr Bestes gegeben hatte. Und dieses Wissen war es, was am meisten zählte.

»Dad macht Frühstück.«

Er saß mit seinem iPad in der Hand neben dem Kamin in seinem Sessel. »Hab nur darauf gewartet, dass Dornröschen sich blicken lässt«, sagte er.

Die Sauerteigpfannkuchen ihres Vaters durften am Weihnachtsmorgen nicht fehlen. Ihre Mutter begann, den Speck zu braten. Innerhalb von fünfzehn Minuten hatten sie sich um den Küchentisch versammelt und reichten einander Butter und warmen Ahornsirup.

Sie hatten beschlossen, mit dem Geschenke-Auspacken auf Chad, Ashley und Peter zu warten. Da die kleine Familie erst mittags eintreffen würde, half Lindy ihrer Mutter, alle Beilagen fertig zu machen und den Tisch zu decken. Für den Fall, dass Billy es schaffte, zu ihnen zu stoßen, legte sie ein Extragedeck auf.

Chad, Ashley und Peter kamen um Punkt zwölf. Der von der Fahrt schläfrige Peter watschelte laut gähnend zu Lindy hinüber, um sie zu umarmen.

»War der Weihnachtsmann heute Morgen bei euch zu Hause?«, fragte sie, hob ihn hoch und trug ihn auf ihrer Hüfte durch den Raum.

Er nickte mit einem weiteren herzhaften Gähnen. »Ich habe ein Feuerwehrauto und Lego und einen neuen Schlafanzug bekommen.«

»Stand etwas auf deiner Liste, was Santa vergessen hat?«, erkundigte sie sich. Da sie wusste, dass er Holzpuzzles liebte, hatte sie ihm vier gekauft, die schon unter dem Baum lagen. Ihre Eltern hatten ihm ein Kinderindianerzelt eingepackt, das gut in sein Kinderzimmer passen würde. Peter würde begeistert sein. Er hatte eines in einem Katalog gesehen und es sofort seiner Grandma gezeigt.

Sein Mittagsschlaf war überfällig, also machte Lindy es sich mit ihm im Schaukelstuhl bequem. Peter schloss die Augen und begann einzudösen, wobei er die ganze Zeit protestierte. Er wollte seine Geschenke auspacken und zeigte ständig auf den Weihnachtsbaum.

»Ich will mehr Geschenke«, maulte er.

»Erst Mittagsschlaf, und dann machen wir deine Geschenke auf, okay?«

Zu fragen war ein Fehler gewesen. »Nein, ich will sie jetzt aufmachen.«

»Schsch, in einer kleinen Weile«, flüsterte sie und fuhr fort, sanft zu schaukeln. Es dauerte nicht lange, bis er aufhörte zu quengeln und tief und fest schlief. Zufrieden strich Lindy ihm das weiche Haar aus der Stirn und drückte ihn sacht an sich.

Kurz nachdem Peter eingeschlafen war, kam ihr Bruder auf sie zu. »Lass mich ihn nehmen. Ich lege ihn in mein altes Zimmer.«

»Wag es nicht«, formte Lindy mit den Lippen. Das schlafende Kleinkind in den Armen zu halten war wunderbar gemütlich und entspannend. Während sie an Peter gekuschelt am prasselnden Feuer saß, wurde Lindy bald selbst schläfrig. Beau rollte sich am Fuß des Schaukelstuhls zusammen. Das alles kam Ruhe und Frieden so nahe, wie sie sich nur vorstellen konnte.

Nach einer Stunde wachte ihr Neffe auf, setzte sich auf und rieb sich die Augen. »Können wir jetzt die Geschenke auspacken?«, bettelte er; brannte darauf, von Lindys Schoß zu rutschen. »Du hast gesagt, wir könnten, wenn ich aufgewacht bin.«

»Ich werde einen Assistenten brauchen, der mir hilft, all diese Geschenke zu verteilen«, sagte ihr Vater, als er zu dem geschmückten Baum hinüberging. Er hob eines der Päckchen hoch und sah Peter an.

»Das kann ich machen«, schlug Peter hilfsbereit vor.

»Danke, Peter«, sagte ihr Dad. »Ich lese die Namen vor, und du kannst die Pakete verteilen. Klingt das gut?«

Peter nickte und hüpfte vor Vorfreude auf und ab.

Während sein Großvater die Namen vorlas, stolperte Peter wieder und wieder beladen mit Geschenken durch den Raum. Dann öffneten sie sie nacheinander mit Beaus Hilfe.

Lindy sah zu, wie ihre Familie die Geschenke auspackte, die sie besorgt hatte.

Ihre Eltern freuten sich über die Flasche Wein und den Gutschein für ein Dinner in der Wine Press.

»Wir wollten da schon hin, seit sie eröffnet haben.«

»Ich habe gehört, es ist fast unmöglich, einen Tisch zu bekommen«, sagte Chad, der den Gutschein betrachtete.

»Es ist hilfreich, den Inhaber zu daten«, erklärte Lindy. Billy hatte darauf bestanden, sie für die Arbeit an seiner Website zu entschädigen, und sie hatte dankend angenommen, da sie wusste, welche Freude sie ihren Eltern mit dem Essensgutschein machen würde.

Nachdem alle ihre Geschenke ausgepackt hatten, halfen Lindy und Ashley in der Küche. Lindy war gerade damit beschäftigt, die Kartoffeln zu schälen, als ihr Telefon piepte.

Sag Bescheid, wann Santa kommen soll.

Jederzeit. Ich hole dich vor dem Haus ab. Schick eine Nachricht, wenn du hier bist.

Okay.

Lindy hatte eines der Puzzles beiseitegelegt, damit Santa es Peter überreichen konnte, dazu ein kleines Geschenk für das ungeborene Baby. Sie hatte vor, Billy abzufangen und ihm die Päckchen zu geben, bevor er ins Haus kam.

Ungefähr dreißig Minuten später kam Billys Nachricht.

Lindy schlich sich nach draußen. Sie nahm sich nicht die Zeit, ihre Jacke anzuziehen, und verschränkte fröstelnd die Arme vor der Brust, als sie Billy in der Einfahrt traf. Er trug sein Santa-Kostüm, komplett mit langem weißem Bart und weißen Wallehaaren.

»Hallo, Hübscher.« Ihr Herz bebte vor Glück. Sie hatte gedacht, dieses Weihnachtsfest könnte gar nicht besser werden, und jetzt war es geradezu wunderbar.

»Gefällt dir der Bart?«, fragte er, dabei zog er ihn ein Stück herunter, damit er sich vorbeugen und sie küssen konnte. Dann legte er die Arme um sie, um sie vor Wind und Kälte zu schützen.

»Ich kann gut ohne die ganzen Haare in deinem Gesicht leben«, zog sie ihn auf.

»Ich auch, ehrlich gesagt.«

»Kannst du zum Abendessen bleiben?« Sie wollte ihn nicht seiner eigenen Familie abspenstig machen, war aber egoistisch genug, sich danach zu sehnen, an diesem Weihnachten Zeit mit ihm zu verbringen.

Er nickte. »Ich habe Dede und die Kids schon gesehen, also gehöre ich ganz dir.«

Ich gehöre ganz dir. Das sagte man so dahin. Dennoch bewahrte Lindy die Worte in ihrem Herzen. Sie erkannte, wie stark sie sich nach so kurzer Zeit zu Billy hingezogen fühlte. Nach der einen Woche kam es ihr so vor, als wäre er schon immer ein Teil ihres Lebens gewesen, und vielleicht hatte er ja tatsächlich schon immer in ihrem Kopf herumgespukt.

»Ich trage das Santa-Kostüm über meinen normalen Sachen, also werde ich gehen, nachdem Santa Peter beschenkt hat, und als mein eigenes Ich zurückkommen.«

»Perfekt.«

Lindy huschte ins Haus zurück und stellte zufrieden fest, dass Peter auf dem Boden saß und mit seinen Matchboxautos und der Rennbahn spielte, die Lindys Mom und Dad ihm geschenkt hatten. Sie formte mit den Lippen die Worte »Santa ist da« in Richtung ihrer Eltern, die daraufhin lächelten und nickten.

Keine fünf Minuten später klingelte es. Ihr Dad wechselte einen Blick mit Lindy, die ihm zuzwinkerte. »Keine Ahnung, wer das sein könnte«, sagte er.

Beau bellte und rannte zum vorderen Teil des Hauses, um den Besucher zu begrüßen.

»Was meinst du denn, wer an Weihnachten noch vorbeikommen könnte?«, fragte ihre Mutter Peter.

Der kleine Junge zuckte die Achseln, blickte mit fragenden Augen zu seinem Großvater auf.

»Möchtest du mit mir zusammen die Tür aufmachen?«

Peter nickte, stand auf und ging mit seinem Großvater zur Tür.

Lindy hörte Peter nach Luft schnappen, bevor er ins Wohnzimmer zurückstürmte. »Es ist Santa! Es ist Santa!«

»Ho! Ho! Ho!«, schmetterte der Weihnachtsmann vergnügt, als er das Haus betrat. »Ich hörte, hier gibt es einen artigen kleinen Jungen namens Peter, der seine Grandma und seinen Grandpa besucht.«

Peter starrte zu Santa empor. Seine Augen waren so groß wie Untertassen, sein Mund stand vor Ehrfurcht und Staunen offen.

»Santa bringt Geschenke für brave kleine Mädchen und Jungen.« Er hob den Sack von seiner Schulter, griff hinein und zog das Päckchen heraus, das Lindy ihm gegeben hatte. Der Vierjährige fiel auf die Knie und riss das Papier auf.

»Und hier ist noch eins.« Santa reichte Chad und Ashley einen Umschlag sowie eine Babydecke für das ungeborene Kind.

Ashley öffnete den Umschlag und zeigte ihn Chad. »Ein Gutschein für ein Dinner in der Wine Press … wow.«

»Danke, Santa.«

»Und da ist noch etwas«, sagte er und überreichte ihrem Vater und ihrer Mutter eine Flasche Wein.

»Das ist nicht dein Ernst«, sagte ihr Dad, als er das Etikett las. »Den heben wir für einen besonderen Anlass auf.« Er zeigte ihn Lindy.

»Und hier hätten wir noch ein letztes Geschenk«, fuhr Santa fort und zog ein kleines in rotes Papier gewickeltes Kästchen hervor, das er Lindy gab.

»Für mich?«

Billy sah sie zärtlich an. »Ja, für dich.«

Lindy setzte sich mit dem Geschenk in einen Sessel und packte es sorgfältig aus. Sie fand ein Bettelarmband mit einem einzelnen Anhänger daran, einem winzigen silbernen Santa.

»Ich dachte, du könntest jedes Jahr einen weiteren Anhänger hinzufügen«, erklärte Santa.

Für das diesjährige Weihnachten war der Santa-Anhänger, nachdem sie die Briefe von vor all den Jahren gelesen hatte, einfach perfekt. »Danke«, sagte sie leise, und dann vergaß sie sich, beugte sich vor und küsste ihn.

»Mommy, Mommy, Tante Lindy hat Santa geküsst!«

»Glücklicher Santa«, murmelte Billy, als er auf die Tür zusteuerte.

»Danke, Santa.« Peter schoss hinterher und bekam Santas Bein zu fassen.

Chad machte ihn sanft los, damit Santa gehen konnte.

Dieser lachte und verabschiedete sich mit einem weiteren fröhlichen: »Ho, ho, ho.«

Als Billy kurz darauf eintraf, rannte Peter zu ihm. »Billy, du hast den Weihnachtsmann gerade verpasst. Er ist zu uns ins Haus gekommen.«

Billy täuschte überzeugend Verwunderung vor. »Ich habe den Weihnachtsmann verpasst?«

Peter nickte. »Vielleicht kommt er noch mal zurück und bringt dir auch was.«

»Das wäre eine echte Überraschung«, meinte Billy und zwinkerte Lindy zu.

Das Abendessen war vorüber, das Geschirr gespült, und alle ruhten sich aus mit ihren vollen Bäuchen, brauchten eine Pause, bevor sie sich über die Desserts hermachten. Lindys Mutter hatte mehrere Kuchen gebacken, dazu kamen Plätzchen und andere Weihnachtssüßigkeiten.

Billy und Lindy saßen auf dem Sofa, er hatte ihr einen Arm um die Schultern gelegt. Sie trug das Bettelarmband. Sie hatte ihm auch ein kleines Geschenk gemacht: ein Gutschein für ein Update seiner Website, wenn sie das nächste Mal in der Stadt war.

Im Fernsehen lief ein Weihnachtsfilm. Peter lag, halb schlafend, quer über dem Schoß seiner Mutter und dem seines Vaters. Ihre Mutter arbeitete an ihrem jüngsten Strickprojekt, und ihr Vater war in einen Roman seines Lieblingsautors vertieft.

»Ihr wisst, was wir jetzt tun müssen.« Chad löste sich von Peter und seiner Frau. »Scrabble.«

»Scrabble?«, wiederholte Billy.

»Das ist Tradition«, erklärte Lindy. »Weihnachten spielen wir Scrabble.«

»Und wir machen ein Puzzle«, fügte ihr Dad hinzu.

Das Puzzle war auf einem Kartentisch in der Nähe des Kamins aufgebaut. Dieses Jahr zeigte das Bild Santa, der durch den Schornstein in ein festlich geschmücktes Wohnzimmer kam. Vor dem Dinner hatte ihr Dad begonnen, den Rand zu legen. Chad hatte ein großes Stück Weihnachtsbaum auf der linken Seite beigesteuert.

Auch Billy hatte ein paar Stücke hinzugefügt. Das Puzzle war selten am Ende des Weihnachtstages fertiggestellt. Es brauchte die Woche zwischen den beiden Feiertagen, um die tausend Teile zusammenzusetzen und das Bild zu vervollständigen.

Chad legte das Spielfeld auf den Esszimmertisch und verstreute all die kleinen Holzbuchstaben.

»Spielst du mit, Billy?«, fragte er.

Billy sah Lindy an. »Was ist der Einsatz?«

»Wir spielen um das Privileg, Dad zu schlagen«, erläuterte Lindy. »Das ist sein Spiel, und er ist praktisch nicht aufzuhalten.«

»Pass auch auf Lindy auf. Sie kann sehr kreativ buchstabieren.«

»Sehr komisch, kleiner Bruder«, gab sie zurück.

Schon bald war die Lethargie verflogen, und die

sechs saßen um den Tisch herum, während Peter Zeichentrickfilme schaute. Er hüpfte zwischen seinen Spielsachen und dem Fernseher hin und her, als das Spiel begann.

Lindy zog das Q ohne U, und das Wort, das sie legte, trug ihr genau sechs Punkte ein. Kein überwältigender Start. Ihr Dad gewann mit seinem ersten Wort dreizehn Punkte. Und so ging es die nächste Stunde weiter, während sich das Brett mit kreuz und quer aneinandergelegten Worten füllte. Ein- oder zweimal versuchte Lindy zu schummeln, bestand darauf, dass ihr Wort in Websters Wörterbuch stand, und wurde rasch eines Besseren belehrt. Es wunderte niemanden, dass ihr Vater die Krone des Top-Scrabblespielers für sich beanspruchte.

»Hat er jemals verloren?«, fragte Billy Lindy.

»Einmal. Gegen Mom, und ich glaube, er hat sie gewinnen lassen.«

»Das hat er ganz bestimmt nicht!«, beharrte ihre Mutter bockig.

»Chad wurde neun Monate später geboren«, flüsterte Lindy Billy zu.

»Du liegst ein paar Jahre daneben.« Anscheinend hatte ihre Mutter zugehört.

»Hat jemand Lust auf Nachtisch?«

Billy legte die Hände auf seinen flachen Bauch. »Vor gar nicht allzu langer Zeit hätte ich geschworen, keinen Bissen mehr herunterzubringen.«

»Und jetzt?«

»Ich habe Karamell-Pekannuss-Kuchen auf der Küchentheke gesehen und beschlossen, es doch zu versuchen.«

»Nobel von dir«, neckte Lindy.

»Ich nehme Kürbis«, sagte Chad. »War noch nie ein Freund von diesen Modekuchen. Gebt mir Apfel oder Kürbis, und ich bin ein glücklicher Mann.«

Das Spiel wurde weggeräumt und der Nachtisch aufgetragen. Lindy entschied sich auch für den Karamell-Pekan-Kuchen. Er schmeckte so gut, wie es das Rezept versprach.

Kurz danach fuhren Chad und seine Familie nach Hause. Peter war von all den Aktivitäten und der Aufregung des Tages erschöpft. Lindy konnte sehen, dass Ashley ebenfalls müde war, abwesend rieb sie mit der Hand über ihren kleinen Schwangerschaftsbauch.

Nachdem sie gegangen waren, kuschelten sich Lindy und Billy vor dem Fernseher aneinander. Gegen zehn entschuldigten sich ihre Eltern und gingen schlafen.

»Glaubst du, sie sind uns zuliebe verschwunden?«, fragte Billy, als er ihren Nacken küsste.

»Schon möglich.« Das war wahrscheinlich nicht der Fall. Ihre Mutter hatte einen langen Tag gehabt und nicht einmal Pause gemacht, während fast alle anderen ein kurzes Nickerchen gehalten hatten.

»Ich werde mich später bei ihnen bedanken«, murmelte Billy direkt an ihrem Ohr.

»Verrätst du mir bitte, was du vorhast, Billy Kincade?«

»Wenn du meine Gedanken lesen könntest, würde ich nächstes Weihnachten von Santa mit Sicherheit einen Sack mit Kohlen bekommen.«

»Ist das so?«

»Du hast ja keine Ahnung.«

»O doch, habe ich.«

Billy drehte sie in seinen Armen zu sich her und küsste sie wieder und wieder, bis die Musik eines Werbespots im Fernsehen sie zusammenschrecken ließ und sie sich voneinander lösten.

»Ich muss sagen, das ist das beste Weihnachten seit Langem.«

»Finde ich auch«, bestätigte sie.

»Das liegt an dir, Lindy. Ich gebe mir größte Mühe, den Umstand zu ignorieren, dass du in einer Woche nach Seattle zurückkehrst.«

»Ich auch«, gab sie zu.

Er griff nach ihrem Handgelenk, an dem er das Armband mit dem Santa-Anhänger befestigt hatte. »Ich hoffe, dass ich derjenige sein werde, der jedes Weihnachten einen Anhänger hinzufügt, bis es irgendwann so schwer an deinem Arm hängt, dass du ihn nicht mehr heben kannst.«

Lindy wusste nicht, was sie sagen sollte. Im Prinzip gab Billy ihr zu verstehen, dass er von nun an ein Teil ihres Lebens sein wollte.

»Wir sind eine Woche zusammen, Billy«, erinnerte sie ihn. »Nach einer so kurzen Zeit kannst du so etwas nicht sagen.«

Seine Augen waren dunkel und ernst. »Was du nicht verstehst, Lindy, ist, dass du deinen Namen auf mein Herz geschrieben hast, als ich neun Jahre alt war.«

16

Lindy hatte Peter versprochen, am Tag nach Weihnachten mit ihm in den Park zu gehen, um im Schnee zu toben. Zu dieser Jahreszeit herrschte in Wenatchee selten Mangel an dem weißen Pulver.

Da sie wusste, dass Peggy auf eine Nachricht wartete, schrieb sie ihrer Freundin ein paar Zeilen.

Bin mit Peter und Billy unterwegs. Verspreche, mich bald zu melden. Und ja, ich denke über das nach, worüber wir gesprochen haben. Weiß immer noch nicht, was das Beste ist.

Eine so große Entscheidung konnte nicht impulsiv oder aus einer Laune heraus getroffen werden. Lindy brauchte Zeit, um ihre Möglichkeiten abzuwägen. Darüber hinaus hielt sie es für notwendig, das Feedback bezüglich des Projekts abzuwarten, das sie für Media Blast bearbeitet hatte, bevor sie sich entschied. Ja, es war verlockend, einfach ihren Gefühlen nachzugeben, aber sie musste die möglichen Folgen bedenken. Peggy hatte recht, Billy würde bei ihrer Entscheidung eine

Rolle spielen. Ebenso die Tatsache, dass sie in der Nähe ihrer Familie leben würde. Trotzdem reizte die Möglichkeit eines Erfolgs sie, die Aussicht, Websites größerer Unternehmen zu betreuen. Das war ihr Traum gewesen, ihr Ziel seit Collegezeiten, und sie wusste nicht, ob sie bereit war, all das aufzugeben.

Obwohl Peggy versprochen hatte, Lindys Entscheidung abzuwarten, bevor sie nach einer Mitbewohnerin Ausschau hielt, wollte Lindy sie nicht allzu lange hinhalten. Eines stand fest: Sie konnte ihrer Freundin diese Woche keine endgültige Antwort geben und nächste Woche wahrscheinlich auch nicht.

Die Aussicht, einen ganzen Tag mit Billy und Peter zu verbringen, erfüllte sie mit freudiger Erregung. Wie rasch sich doch ihre Gedanken um Billy zu drehen begonnen hatten. Es war, als wäre es ihnen bestimmt, zusammen zu sein. Ihr kam es so vor, als würde sie zu Billy gehören.

»Morgen, Sonnenschein«, sagte sie, als er ranging. Es war kaum acht, und sie war nicht sicher, ob er überhaupt schon wach gewesen war. Er hatte das Haus ihrer Eltern erst lange nach Mitternacht verlassen. Hinter ihm lag eine harte Woche, in der es oft spät geworden war, und sie hasste es, ihn zu wecken.

»Morgen«, knurrte er zurück. Dann gähnte er ins Telefon, was ihr verriet, dass er entweder gerade aufgewacht oder erst vor Kurzem aus dem Bett gekommen war.

»Ich dachte, wir sollten früh los.«

»Gute Idee. Im Park wird es bestimmt voll werden, lauter kleine Schlittenfahrer.«

Das dachte Lindy auch, schließlich gab es in der Woche zwischen den Feiertagen jede Menge frisch gefallenen Schnee. Als Teenager hatten Lindy und ihre Freunde fast jeden Tag ihrer Winterferien im Schnee verbracht. Lindy war so oft wie möglich bei Mission Ridge Ski gefahren. Sie freute sich darauf, Peter zu zeigen, wie viel Spaß man in diesem Winterwunderland haben konnte, obwohl sie ziemlich sicher war, dass Chad schon mehr als einmal mit seinem Sohn Rodeln gegangen war.

Sie schmiedeten einen Plan und einigten sich auf eine Uhrzeit. verabredeten einen Zeitpunkt. Billy würde mit seinem Wagen zuerst zu ihr kommen, und dann würden sie gemeinsam Peter abholen. Lindy rief Ashley an, die versprach, Peter rechtzeitig fertig zu machen.

Als Billy kam, begrüßte er Lindy mit einem Kuss und umarmte ihre Mutter. »Meine Schwester Dede kommt auch mit ihren beiden kleinen Rabauken«, sagte er zu Lindy.

»Eine fantastische Idee.« Sie wünschte, sie hätte selbst daran gedacht, Dede einzuladen. Sie hatte Billys Schwester einmal in der Wine Press gesehen, aber seitdem nicht mehr, und sie wollte den Kontakt gern aufrechterhalten.

Ihre Mutter folgte ihnen zur Tür und reichte Lindy

eine Thermoskanne mit heißem Kaffee. »Viel Spaß, und haltet euch warm«, sagte sie.

Als sie Peter abholten, war der Vierjährige so aufgeregt, wie Lindy ihn noch nie erlebt hatte; er rannte um sie herum und redete ununterbrochen. Während Billy Peters Kindersitz in seinem Auto befestigte, gab Ashley Lindy ein Extraset Kleidung und andere Dinge, von denen sie dachte, Peter könnte sie benötigen. Ashley schätzte, dass Peter ungefähr bis zum Mittag durchhalten würde, und dann wäre er mehr als bereit für sein Mittagsschläfchen.

»Habt eine tolle Zeit.« Ashley stand in der Tür und winkte Peter nach, der zu Billys Truck stürmte, so schnell ihn seine kurzen Beinchen tragen wollten.

»Bist du bereit für Spaß im Schnee?«, fragte Lindy Peter, als sie ihn auf dem Rücksitz anschnallte.

Ihr Neffe nickte nachdrücklich. »Ich möchte mit den großen Kindern die Hügel hinunterrodeln.«

»Das wirst du, kleiner Mann«, versicherte Billy ihm.

»Billy«, fragte Peter unschuldig, als sie durch die Stadt fuhren, »wirst du mein Onkel?«

Billy blickte zu Lindy und lächelte. »Ich glaube, diese Frage sollte deine Tante beantworten«, erwiderte er.

»Wird er mein Onkel, Tante Lindy?«

»Wer hat dir denn den Floh ins Ohr gesetzt?«, fragte sie, aber sie wusste natürlich, wer es gewesen war.

»Daddy. Er hat gesagt, Billy guckt dich genau so an, wie er Mommy anguckt.«

»Das ist richtig«, entgegnete Billy. »Deine Tante Lindy ist sehr hübsch. Es fällt mir schwer, sie nicht anzuschauen.«

»Ich glaube, du wärst ein guter Onkel.«

»Danke.«

Darauf erpicht, das Thema zu wechseln, fragte Lindy: »Wo treffen wir uns denn mit Dede?«

»Ich schicke ihr eine Nachricht, sobald wir beim Park ankommen.« Billy streckte die Hand aus und drückte ihr Knie, um sie wissen zu lassen, dass er durchschaute, was sie tat.

Sie hatten gut daran getan, früh aufzubrechen, denn Parkplätze rund um den Stadtpark waren Mangelware. Ein paar Minuten nach ihrer Ankunft fanden sie Dede und ihre beiden Kinder. Davey war acht und Lily sechs. Lindy erinnerte sich von ihrer Kindheit her vage an Dede.

»Ich freue mich so, dass wir Gelegenheit haben, uns zu treffen«, sagte Dede zur Begrüßung.

»Ich mich auch.«

Als er mit den anderen Kindern bekanntgemacht wurde, war Peter anfangs schüchtern und klammerte sich an Lindy. Doch es dauerte nicht lange, bis er mit Billy und den anderen beiden auf dem großen Schlitten saß und vor Wonne kreischte, als sie den Hang hinuntersausten. Sie wiederholten die Fahrt mehrere Male.

»Jetzt bin ich dran«, rief Lindy, als sie Billy half, den Schlitten wieder den Hügel hochzuziehen. Indem sie sich aneinanderdrängten, schafften sie es, sich gemeinsam mit den drei Kindern auf den Schlitten zu quetschen, wobei Billy die hintere Position einnahm. Als der Schlitten den Hügel hinunterglitt, spürte sie, wie sich Billys Arme von ihr lösten, und dann traf sie ein kalter Luftstoß im Rücken, als er hinunterfiel.

Der Anblick von ihm mit komplett schneebedeckter Rückseite bewirkte, dass sich Lindy vor Lachen krümmte. Und sie war nicht die Einzige, die sich über seine missliche Lage amüsierte. Die Kinder und Dede konnten ebenfalls nicht an sich halten. Ihr Gekicher erfüllte die Winterluft.

»Sehr komisch«, grollte Billy. Er war in den weißen Massen fast begraben worden. »Ihr solltet euch bei mir bedanken. Wenn ich nicht losgelassen hätte, hätte ich euch alle mitgenommen.«

»Unsere ewige Dankbarkeit ist dir gewiss, nicht wahr, Kids?« Lindy gab sich alle Mühe, ernst auszusehen. Es war heroisch von ihm gewesen, sich für das Team zu opfern.

»Ich schätze, jetzt wissen wir, dass nur ein Erwachsener mit den Kids fahren sollte«, meinte er, als er fortfuhr, sich mit Hilfe der Kinder den Schnee abzuklopfen.

Lindy war froh, die Pflichten Billy zu überlassen. Das gab ihr die Gelegenheit, sich mit Dede zu unterhalten.

»Billy war wunderbar mit Peter«, erzählte sie Dede. Sie nahm die Thermoskanne aus dem Truck und goss jeder von ihnen einen Kaffee ein. Sie fanden einen Sitzplatz, von dem aus sie beobachten konnten, wie Billy mit den Kindern den Hügel hinauftrottete. Er zog nicht nur den Schlitten, sondern trug auch noch Lily und Peter auf dem Rücken. Sie war überzeugt, dass er am Abend gut schlafen würde.

»Im Umgang mit meinen beiden legt er auch viel Geduld an den Tag«, sagte Dede. Sie hielt den Becher in beiden Händen und blickte in die dampfende Flüssigkeit. »Mein Bruder ist sehr von dir angetan.«

»Wir hatten eine wunderschöne gemeinsame Woche«, sagte Lindy. Sie wusste nicht recht, wohin Dede dieses Gespräch lenken wollte.

»Das hat er auch gesagt. Ich kann mich nicht erinnern, Billy je so glücklich gesehen zu haben.«

Die Worte seiner Schwester lösten eine wohlige Wärme in ihr aus. Es war lange her, seit Lindy so zufrieden gewesen war.

»Ich weiß, dass du nur auf Urlaub in der Stadt bist«, fuhr Dede fort. »Und dass du nach Neujahr nach Seattle zurückkehrst.«

»Ja, das ist der Plan.«

»Und dann?« Dede blickte auf und sah Lindy unverwandt an.

»Was meinst du?«, fragte Lindy und schluckte hart.

»Was ist das mit dir und Billy? Werdet ihr euch weiterhin sehen?«

Lindy konnte nur ehrlich antworten. »Ich weiß es nicht. Da sein und mein Terminplan nicht wirklich vereinbar sind, werden wir am Ende wahrscheinlich über FaceTime oder Zoom in Verbindung bleiben.«

Dede nickte, als hätte sie das alles schon von ihrem Bruder gehört. »Du solltest wissen, dass mein Mann und ich eine zweite Hypothek auf unser Haus aufgenommen haben, damit Billy mit der Wine Press vorankommt.«

Davon hatte Billy nichts gesagt. »Das war großzügig von dir.«

Dede schlug die Beine übereinander und wippte nervös mit dem Fuß. »Er brauchte etwas, nachdem …« Sie brach ab.

»Nachdem was?«, fragte Lindy. Sie war sicher, dass Dede es bereute, etwas gesagt zu haben. Sie erinnerte sich daran, dass Billy angedeutet hatte, er wäre von Leuten, denen er vertraut hatte, enttäuscht worden. Auf die näheren Umstände war er nicht eingegangen. »Ist etwas passiert?«

Dede machte sich nicht die Mühe, ihre Überraschung zu verbergen. »Wenn Billy dir nichts gesagt hat, steht mir das auch nicht zu. Du musst ihn selbst fragen.«

Natürlich war Lindy neugierig und vermutete, dass wahrscheinlich eine Frau im Spiel war. Sie hatte ihm von ihrem gebrochenen Herzen erzählt, das sich mittlerweile ganz und gar nicht mehr gebrochen anfühlte. Wenn er seinen eigenen Kummer für sich behalten hatte, wäre sie enttäuscht von ihm.

»Ich hatte selbst einige Beziehungen, die mit Betrug

und Schmerz geendet haben«, sagte sie zu Dede, ohne ins Detail zu gehen.

»Es ist nicht das, was du denkst«, stellte Dede klar. »Es war falsch von mir, überhaupt davon anzufangen.« Sie vermied den Blickkontakt. »Ich muss ehrlich sein, Lindy. Was dich und Billy betrifft, habe ich zwei große Bedenken. Ich hoffe, du hast nichts dagegen, wenn ich offen spreche.«

Lindy machte eine auffordernde Geste. »Nur zu.«

»Danke. Zuallererst die Bitte: Tu meinem Bruder nicht weh. Er hat in seinem Leben schon zu viele Enttäuschungen erleben müssen, angefangen damit, dass unser Vater uns verlassen hat. Billy hat das am schwersten von uns Kindern genommen, hat anscheinend geglaubt, es wäre seine Schuld. Wäre er ein braves Kind gewesen, dann wäre Dad geblieben.«

Lindy nickte. Das Gefühl, nicht gewollt zu sein, kannte sie nur zu gut. Alles hatte sich zum Besseren gewendet, als Phillip Carmichael in das Leben ihrer Mutter getreten war. Sie hatte einen Vater, der sie aufrichtig liebte. Billy hatte diese Sicherheit und diesen Rückhalt nie gekannt.

»Du hast von zwei Bedenken gesprochen.«

»Tja, nun, das Thema ist mir ein bisschen unangenehm. Ich komme mir egoistisch vor, es anzuschneiden.«

»Das musst du nicht. Mir ist es lieber, du bist ehrlich«, sagte Lindy.

»Ich fürchte, dass sich Billy bis über beide Ohren in dich verliebt und dass er dann das Restaurant vernachlässigt. Mein Mann und ich haben alles, was wir besitzen, in dieses Unternehmen investiert, und wir wollen unser Geld nicht verlieren.«

»Das verstehe ich.«

»Es fällt mir schwer, überhaupt etwas zu sagen; ich hoffe, du verzeihst mir. Es ist nur so, dass ich meinen Bruder kenne. Ich kann mich nicht erinnern, ihn jemals wegen einer Frau so erlebt zu haben. Er wird dich nicht gehen lassen wollen.«

Lindy fehlten die Worte.

»Wenn du nach Seattle zurückkehrst und er hier in Wenatchee bleibt, wird er sich nicht mit dem Telefon oder FaceTime zufriedengeben, sondern mit dir zusammen sein wollen. Ich verstehe das. Als ich meinen Mann kennengelernt habe, diente er in der Armee, und wir waren immer für lange Zeit getrennt. Ich war todunglücklich, wenn David irgendwo weit weg stationiert war und ich mich mit Anrufen und E-Mails begnügen musste.« Sie blickte auf.

»Ich habe viel über die Zukunft nachgedacht«, erwiderte Lindy, ohne näher auf Dedes Worte einzugehen.

»Ich hoffe, du verstehst meine Befürchtungen.«

»Natürlich.« Lindy wollte ihr versichern, dass sie weder die Absicht hatte, Billy zu verletzen, noch darauf erpicht war, dass er seine Investitionen und die seiner Schwester aufs Spiel setzte, aber da bemerkte sie, dass

Dedes Kinder auf sie zurannten. Davey hielt seine Schwester an der Hand, als sie durch den Schnee stolperten.

Lindy war für die Unterbrechung dankbar.

»Wir haben Hunger«, keuchte Davey atemlos.

»Und uns ist kalt«, fügte Lily hinzu.

»Und Onkel Billy hat gesagt, er ist müde.« Das kam auch von Davey.

Billy brachte Peter mit, er zog ihn auf dem Schlitten, da er zu klein war, um durch den Schnee den Berg hochzustapfen.

Dede nahm die Dinge sofort in die Hand. »Dann lasst uns reingehen, uns Hände und Bäuche wärmen.«

»Können wir Kakao haben?«, fragte Lily.

»Ich denke, das wird sich machen lassen.«

Lindy und Dede scharten die Kinder um sich und kümmerten sich um sie. Billy brauchte eine Verschnaufpause. Sie überquerten die Straße, wo ein gemütlicher Diner lag, gingen hinein, zogen ihre nassen Mäntel und die schweren Stiefel aus und setzten sich in eine große Nische. Die Kinder bestellten heiße Schokolade, die mit auf der Oberfläche schmelzenden Marshmallows serviert wurde.

Lindy konnte sehen, dass Peter vollkommen erschöpft war. Es war kaum halb elf, und sie wusste nicht, wie lange er noch durchhalten würde. Wegen der anderen Kinder würde ihr Neffe nie freiwillig zugeben, dass er nicht mehr konnte.

Sowie sie sich aufgewärmt und ihren Kakao getrunken hatten, wollten die Kinder wieder auf den Schlitten. Eine weitere Stunde lang sausten sie abwechselnd den Hang hinunter, doch dann waren alle fix und fertig. Bevor sie zurückfuhren, umarmte Lindy Dede.

»Ich bin dankbar für unser Gespräch«, versicherte sie ihr, wohlwissend, dass es Dede unangenehm gewesen sein musste, über ihre Befürchtungen zu sprechen.

Dede drückte sie. »Danke, dass du zugehört hast.«

Wie Ashley vorhergesagt hatte, schlief Peter ein, kaum dass sie im Truck saßen.

»Sieht aus, als hättet ihr eine tolle Zeit gehabt«, sagte Ashley, als Billy Peter ins Haus trug und ihn auf sein Bett legte. Peter rührte sich noch nicht einmal.

Wieder im Truck wandte sich Billy Lindy zu. »Ich habe gesehen, wie du und meine Schwester die Köpfe zusammengesteckt habt.« Neugier flackerte in seinen Augen auf. »Was hat sie dir erzählt?«

»Zufällig eine ganze Menge.« Doch eher das, was Dede nicht gesagt hatte, machte Lindy Sorgen.

»Ich schätze, sie hat erwähnt, was in Yakima passiert ist. Es tut weh, darüber zu reden, mich daran zu erinnern, was für ein Idiot ich war.«

Lindy wartete darauf, dass er weitersprach. Sie würde keinen Druck auf ihn ausüben, vor allem nicht, wenn er nichts erklären wollte.

»Weißt du noch, dass ich erzählt habe, dass mein Freund Dan Berghoff mein Mentor war?«

Sie nickte; erinnerte sich, wie erleichtert Billy beim Dinner im Berghoff's gewirkt hatte, als der Inhaber an ihren Tisch kam und er ihre Frage nicht beantworten musste.

»Ich hatte alles, was ich besaß, in ein anderes Restaurant in Yakima gesteckt, zusammen mit einem Partner, der ein früherer Schulkamerad von mir war. Ich habe mich halb tot geschuftet, während Kent die Verantwortung nur allzu gern auf mich abgewälzt hat. Als ich krank wurde und mir den Blinddarm rausnehmen lassen musste, räumte Kent unser Bankkonto leer und verschwand. Ich konnte den Verlust nicht wieder hereinholen, ich verlor alles, weswegen ich mich, ermutigt von Dan, entschloss, die Wine Press zu eröffnen.«

»Oh, Billy, das tut mir so leid.«

»Es war eine harte Lektion, aber das liegt jetzt hinter mir.«

Sie drückte seine Hand. »Ich kann nur ahnen, wie schwer es für dich war, etwas zu verlieren, für dessen Erfolg du so hart gearbeitet hast.«

»Ich hatte keine Regressansprüche. Von einem Prozess hätten nur die Anwälte profitiert. Ich habe jemandem vertraut, der dieses Vertrauen nicht verdiente, und den Preis dafür bezahlt.«

»Wie schrecklich, Billy.«

»Ich hätte dir schon früher davon erzählen sollen. Genau wie du habe ich Groll und Verbitterung hinter mir lassen müssen. Eine Weile wollte ich ganz aus dem Restaurantgeschäft aussteigen, wollte nicht noch einmal ein enormes finanzielles Risiko eingehen. Dan hat mich dann aus meiner Wut und meiner Frustration geholt. Dann meinten Dede und David, sie würden gern meine stillen Teilhaber werden. Dass sie daran geglaubt haben, ich könnte die Wine Press zu einem Erfolg machen, bedeutete mir alles. Sie stellten mir das nötige Startkapital zur Verfügung. Zum Glück hat mein guter Ruf bei den Weinkellereien im Staat gereicht, dass sie mir Kredit gewährten, bis ich sie bezahlen konnte.«

Lindy lehnte den Kopf gegen Billys Schulter. Er hatte so viel durchgemacht und war geschäftstüchtiger und klüger daraus hervorgegangen. Zurückzuschauen brachte nichts. Weder Billy noch ihr. Sie mussten beide den Blick nach vorne richten.

Sie schwiegen, als Billy in die Einfahrt ihrer Eltern einbog.

»Möchtest du noch mit reinkommen?«, fragte sie.

Billy schüttelte den Kopf. »Ich sollte mich wahrscheinlich mal wieder um mein Personal kümmern. Können wir uns morgen sehen?«

»Klar.«

»Ich rufe dich an.«

Das passte Lindy gut. Sie sehnte sich nach einer langen, heißen Dusche und etwas Zeit für sich. Billy musste vor Adrenalin platzen. Er schien nie zur Ruhe zu kommen.

Lindy verbrachte einen ruhigen Abend mit ihren

Eltern, schlief in der Nacht wie ein Stein und wurde am Morgen von einer Textnachricht von Billy geweckt, in der er vorschlug, bei ihm im Lokal zusammen zu Mittag zu essen.

Als am späten Morgen ihr Telefon klingelte, dachte sie, dass es vermutlich Billy war, da sie sich erst mit ihrer Mutter besprechen wollte und noch nicht geantwortet hatte.

Nur dass es nicht Billy war.

»Lindy«, hörte sie die aufgeregte Stimme ihres Bosses. »Ich konnte es nicht abwarten, es dir zu erzählen. Die Ferguson-Gruppe hat sich heute Morgen mit uns in Verbindung gesetzt. Sie haben sich für dein Design entschieden.«

Lindys Herz raste. »Wirklich?« Sie konnte kaum sprechen, es hatte ihr den Atem verschlagen.

»Sie waren von deinem Vorschlag begeistert und sind ganz heiß darauf, mit der Arbeit anzufangen. Ich weiß, dass du Urlaub hast, und ich weiß, dass ich dir zwei Wochen versprochen habe. Ich bitte dich ja nur sehr ungern darum, aber besteht die Möglichkeit, dass du den Urlaub abbrichst, damit wir loslegen können?«

17

Lindy wusste nicht, was sie sagen sollte. Obwohl sie elektrisiert war, hasste sie die Vorstellung, früher abzureisen als geplant.

»Wie ich schon sagte, deine freie Zeit steht dir zu, aber die Firma wäre bereit, dich für diese Unannehmlichkeiten zu entschädigen.«

»Es geht nicht ums Geld«, erwiderte sie und erkannte, wie sehr sie sich wünschte, bleiben zu können. Sie presste die Hand gegen die Stirn, als würde ihr das beim Denken helfen, und zwang sich, sich daran zu erinnern, dass sie nun bekam, was sie immer gewollt hatte; das, wofür sie all diese Wochen gearbeitet hatte. Diese Wertschätzung. Dieser Erfolg.

»Wie schnell könntest du zurückkommen?«

»Ich bin irgendwann morgen da«, entgegnete sie.

»Danke, Lindy. Du wirst es nicht bereuen.«

Sie bezweifelte ernsthaft, dass das zutraf. Das Gespräch endete abrupt, als hätte ihr Boss Angst, Lindy würde ihre Meinung doch noch ändern.

Wie im Nebel gefangen wanderte sie durch das Haus, bis sie ihre Mutter fand.

Ellen hielt mit dem inne, was sie gerade tat, und starrte Lindy an. »Ist alles in Ordnung, Liebes?«

»Die Ferguson-Gruppe hat meinen Vorschlag angenommen. Jetzt wollen sie sofort mit der Arbeit anfangen, und mein Boss möchte, dass ich so schnell wie möglich nach Seattle zurückkomme.«

Sofort breitete sich ein Lächeln auf dem Gesicht ihrer Mutter aus. »Gratuliere, Liebes! Das sind wunderbare Neuigkeiten, nicht wahr? Ich meine natürlich, abgesehen davon, dass du deinen Urlaub abbrechen musst.«

»Ich bin begeistert, wirklich. Nur gefällt es mir gar nicht, abreisen zu müssen.«

»Ich weiß. Dad und ich werden dich auch vermissen.«

»Ich sollte jetzt besser packen.« Lindy ging in Richtung ihres Zimmers.

»Musst du jetzt auf der Stelle losfahren?«

Etwas von der Freude und dem Stolz über Lindys Erfolg schwand aus ihrer Stimme.

»Ich werde morgen im Büro zurückerwartet.«

»Oh. So bald. Ich freue mich für dich, aber es ist schade, dass du wegmusst.« Ohne dass sie es aussprechen musste, war klar, dass, wenn Lindy erst wieder im Büro war, lange, arbeitsreiche Monate folgen würden, lange Nächte und Wochenendarbeit.

»Was ist mit Billy?«, fragte ihre Mutter, als Lindy widerwillig ihren Koffer unter dem Bett hervorzerrte.

»Billy«, wiederholte sie mechanisch. »Ich werde ihm Bescheid sagen müssen und Peggy auch.«

Sowie ihr Koffer gepackt und im Auto verstaut war, ging Lindy ins Haus zurück und umarmte ihre Mutter zum Abschied. »Sag Dad, Chad, Ashley und Peter auf Wiedersehen von mir. Sag ihnen, es tut mir leid, dass ich so überstürzt abreisen musste.«

»Sie werden es verstehen«, versicherte ihre Mutter ihr, griff mit beiden Händen nach Lindys Schultern, ihre Augen wurden dunkel und ernst. »Bist du sicher, dass das hier das ist, was du willst?«

Lindy zögerte mit der Antwort. »Ja, ich glaube schon«, sagte sie. »Das ist eine große Sache für mich. Eine wirklich große. Genau das, worauf ich immer hingearbeitet habe.«

Ihre Mutter ließ die Hände sinken, nickte, lächelte und umarmte sie noch einmal, bevor Lindy das Haus verließ. Die Frage ihrer Mutter folgte ihr. Nein, dies war genau das, was sie wollte, ermahnte sie sich.

Auf dem Weg zur Wine Press rief sie Peggy an und erzählte ihr die Neuigkeit.

Peggy gratulierte ihr und sagte dann: »Ich schätze, das heißt, meine Idee ist vom Tisch?« Sie ließ es wie eine Frage klingen, als würde Lindy vielleicht irgendwie noch ihre Meinung ändern.

»Im Moment ja, aber das bedeutet ja nicht, dass ich nicht später noch einmal darüber nachdenken werde.« Lindy hatte die Idee noch nicht aufgegeben, aber das

Timing für einen so einschneidenden Schritt war schlicht und einfach falsch. Sie steckte zu tief bei Media Blast mit drin.

»Du wirst mir fehlen. Ich finde es wirklich schade, dass du gehst.«

»Mir tut es auch leid. Wir bleiben in Verbindung«, versprach Lindy und hoffte, es würde ihnen gelingen, ihre Freundschaft aufrechtzuerhalten. Für Freundschaft musste man Zeit investieren. Lindy konnte nicht umhin, sich zu fragen, wie viel freie Zeit ihr bleiben würde, wenn sie dieses Projekt erst einmal in Angriff genommen hatte.

»Ich werd dich dran erinnern«, sagte Peggy.

Peggy mitzuteilen, dass sie nach Seattle zurückfuhr, war schon schwer genug. Sie wusste nicht, wie sie es fertigbringen sollte, Billy zu verlassen.

Ihre Familie zu verlassen.

Billy und Peggy zu verlassen.

Sie hielt auf dem Parkplatz der Wine Press und blieb neben ihrem Auto stehen, spürte Furcht in sich aufsteigen. Eigentlich sollte sie überglücklich und aufgeregt sein und war das in gewisser Weise auch. Nur schwankte sie zwischen Aufregung und Trauer.

Es kam ihr fast so vor, als hätte Billy auf sie gewartet. Er kam aus dem Restaurant und trat zu ihr an ihren Wagen.

Lindy sah keinen Sinn darin, das Unvermeidliche aufzuschieben. »Ich fahre nach Seattle zurück.«

»Heute? Jetzt?«

Lindy nickte. Sie empfand den starken Drang zu weinen, was absolut lächerlich war. Sie sollte jubelnd auf und ab hüpfen und die Fäuste in die Luft recken.

»Was? Warum?«, fragte Billy entsetzt. »Ich dachte, du hast noch eine Woche Urlaub?«

»Habe ich auch.« Sie berichtete von dem Anruf. »Das ist die Gelegenheit, auf die ich während meiner gesamten Karriere gewartet habe«, sagte sie, als müsse sie sich diese Tatsache selbst ins Gedächtnis rufen. »Ich kann das nicht absagen, Billy. Media Blast hat in mich investiert, und ich kann sie jetzt nicht im Stich lassen. Es tut mir leid.«

Er nickte. »Ich verstehe.« Dann fügte er ohne jegliche Emotion hinzu: »Geh nur.«

»Das heißt nicht, dass ich nicht zurückkomme«, versicherte sie ihm hastig.

»Ist schon okay, Lindy. Geh ruhig. Wie du bereits sagtest, es ist das, was du immer gewollt hast. Ich verstehe das. Ja, ich bin enttäuscht, und ja, ich hasse es, dass du abreist, aber natürlich missgönne ich dir deine Träume nicht, sondern wünsche dir, dass sie sich erfüllen.«

Wenn sie mit allem gerechnet hatte – damit nicht. Tief in ihrem Inneren hatte sie gedacht … hatte sie gehofft, er würde sie anflehen, zu bleiben oder zumindest alles zu tun, was nötig war, um zurückzukommen, damit sie ihre Beziehung vertiefen konnten.

Mit dem Gefühl, als würde ihr Herz in ihrer Kehle feststecken, wandte sich Lindy zum Gehen, doch Billy nahm sie beim Arm, zog sie zu sich zurück und umarmte sie ein paar Momente lang fest. Er wusste so gut wie sie, dass dies das Ende war.

»Es war schön, so lange es gedauert hat.«

Die Endgültigkeit seiner Worte traf sie hart. Gab er ihr wirklich zu verstehen, dass alles aus und vorbei war? Dass das, was sie verband, für immer vorüber war? Billy meinte doch nicht wirklich, dass sie einen sauberen Schlussstrich ziehen sollten, oder? So stark, wie ihre Gefühle füreinander schon nach dieser kurzen Zeit waren, würden sie einen Weg finden, in Verbindung zu bleiben, davon war Lindy überzeugt. Wo ein Wille war, war auch ein Weg, richtig?

Die Fahrt über den Pass verlief problemlos, und sie kam in Rekordzeit in Seattle an. In ihrem Apartmentkomplex lud sie ihren Koffer aus dem Auto und schloss die Tür auf.

Als sie ihre Wohnung betrat, kam sie ihr kalt und leer vor. Sie stand in der Mitte ihres Wohnbereichs und blickte sich um; betrachtete das Leben, das sie sich in Seattle aufgebaut hatte. Der Kontrast zwischen der Großstadt und Wenatchee mit all denen, die sie liebte, hätte größer nicht sein können.

Peggys enttäuschte Stimme hallte in ihrem Ohr wider, und der Ausdruck in Billys Gesicht, als sie ihm sagte, dass sie nach Seattle zurückkehrte, verfolgte sie, als sie an diesem Abend ins Bett ging. Bevor sie Wenatchee verlassen hatte, hatte sie nach ihrem Brief an Santa gegriffen und ihn noch einmal gelesen. Sie hatte alles bekommen, was sie sich gewünscht hatte. Eine neue beste Freundin. Eine Liebe. Und dass ihr Vorschlag für das Projekt ausgewählt wurde.

Ihre Wunschliste war komplett. Sie sollte außer sich vor Freude sein. Nur leider hatte sie die ersten beiden Wünsche opfern müssen, um den dritten erfüllt zu bekommen.

Gleich früh am nächsten Morgen fand sich Lindy bei Media Blast ein. Nachdem sie die Glückwünsche ihrer Kollegen entgegengenommen hatte, traf sie sich mit Vertretern der Ferguson-Gruppe. Zusammen mit ein paar Leuten aus ihrem eigenen Team trug sie ihren Vorschlag noch einmal vor. Die Begeisterung war groß, alle schienen am liebsten sofort loslegen zu wollen.

Nach der langen Sitzung wusste Lindy, dass sie auf Wolken schweben sollte. Das war es, was sie wollte, was ihr wichtig war. Doch als sie an ihrem Schreibtisch saß, drehten sich ihre Gedanken nicht um das Projekt, sondern um Wenatchee und alles, was sie dort zurückgelassen hatte.

Mit Peggy zusammenzuwohnen hätte ganz sicher ein verrücktes, vergnügtes Abenteuer nach dem anderen bedeutet. Lindy hatte nie eine bessere Freundin gehabt.

Und dann war da noch Billy.

Ihr Herz wurde schwer, wenn sie an ihn dachte. Sie hatte ihm spätabends, bevor sie zu Bett gegangen war, eine Textnachricht geschickt, auf die er nicht geantwortet hatte. Sie wusste, warum. Eine Fernbeziehung wäre für sie beide nahezu unmöglich. Er wusste das, und sie ebenfalls. Aber sie konnten es schaffen, wenn sie beide bereit waren, Opfer zu bringen. Lindy befürchtete, dass Billy sich entschieden hatte, das Band zwischen ihm und ihr zu durchtrennen, um sein Herz zu schützen. Sie machte ihm keinen Vorwurf daraus. Er konnte Dedes und Davids Investition in sein Restaurant nicht ihretwegen aufs Spiel setzen, egal wie sehr er sich wünschte, dass es eine Chance für sie beide gab.

Überzeugt, dass sie sich mehr für das Projekt begeistern würde, wenn sie sich erst wieder eingelebt hatte, entschied sich Lindy, die Stimme in ihrem Kopf zu ignorieren, die ihr riet, ihrem Herzen zu folgen.

Während der nächsten Tage stürzte sich Lindy in ihre Aufgabe, arbeitete viele Stunden und zeigte den Eifer, der von ihr erwartet wurde. Und das war erst der Anfang. In Zukunft würde es jede Menge langer Arbeitstage geben. Abends checkte sie ihr Telefon, weil sie hoffte, von Billy zu hören. Das Schweigen lastete auf ihrem Herzen. Peggy und Lindy tauschten immer mal ein paar Nachrichten aus. Sie hätte ihre Freundin zu gerne nach Billy gefragt, wollte unbedingt wissen, ob er sie auch nur halb so sehr vermisste wie sie ihn. Aber sie unterließ es, und Peggy gab von sich aus nichts preis.

Silvester verließ Lindy das Büro später als gewöhnlich und kehrte ohne irgendwelche Pläne für den Abend in ihr Apartment zurück. Sie hatte keinen Ort, um zu feiern, und, schlimmer noch, niemanden, mit dem sie feiern konnte. Wäre sie in Wenatchee, wäre sie mit Billy zusammen, und um Mitternacht würde er sie in die Arme nehmen, ihr lächelnd ins Gesicht blicken und sie in das neue Jahr küssen. Stattdessen würde sie den Abend alleine und unglücklich verbringen und die ganze Zeit mehr schlecht als recht den Wunsch unterdrücken, sie könnte mit Billy und Peggy feiern. Ihre Freundin hatte ihr geschrieben, sie würde mit Jayne und Chloe und ein paar anderen zu einer Neujahrsparty in die Wine Press gehen.

Als Lindy ihr steriles Apartment betrat, war ihr plötzlich alles klar. Die ganze Woche hatte sie sich angestrengt, Billy aus ihrem Kopf und ihrem Herzen zu verdrängen. Nur dass ihr Herz sich weigerte, da mitzuspielen. Ihr Herz wusste nämlich ganz genau, was sie am dringendsten brauchte. Wie hatte sie das ignorieren können! Erst als sie in das kalte, dunkle Apartment kam, wusste sie, was sie zu tun hatte.

Obwohl es komplett verrückt war, warf Lindy eine Reisetasche in ihr Auto und fuhr los. Wegen des Schnees waren für den Stevens-Pass Schneeketten vorgeschrieben, aber der Snoqualmie-Pass war offen. Lindy war egal, wie lange es dauerte – sie war auf dem Weg nach Wenatchee.

Ihr erster Anruf galt ihren Eltern. Ihre Mutter ging ran, und Lindy platzte heraus: »Mom, ich komme nach Hause.«

»Für wie lange?«, fragte ihre Mutter.

»Ich weiß es nicht, Mom, aber ich denke, es könnte für immer sein.« Sowie sie die Worte ausgesprochen hatte, fühlte sie sich befreit. Das war es, was sie sich am meisten wünschte. Tief in ihrem Inneren wusste sie, dass sie die richtige Entscheidung getroffen hatte. Mit einem Mal überkam sie das verrückte Bedürfnis, laut zu lachen. Sie atmete tief ein, hielt die Luft an, ließ das Gefühl von Freiheit sich in ihr ausbreiten und atmete aus. Es war, als wäre sie diese ganze Woche in Handschellen herumgelaufen und hätte krampfhaft versucht, das Beste aus dem zu machen, was ihr einst wichtig erschienen war. Nur wusste Lindy jetzt, was wirklich zählte. Es galt nicht, irgendjemandem bei Media Blast etwas zu beweisen oder Anerkennung von der Ferguson-Gruppe zu bekommen. Es galt, bei denen zu sein, die sie liebte.

Sowie sie auf der Straße war, hatte sie das Gefühl, dass jeder in der Stadt auf dieselbe Idee gekommen war wie sie. Der Verkehr stand Stoßstange an Stoßstange. Was ihr half, nicht frustriert oder ungeduldig zu sein, war das Wissen, dass sie das neue Jahr mit Billy begrüßen würde. Aber wenn es in diesem Tempo weiterging, würde sie erst kurz vor Mitternacht ankommen.

Blitzeis sowie eine Lawinenwarnung hatten den Verkehr auf dieser Seite des Passes zum Erliegen gebracht. Lindy saß zusammen mit allen anderen fest und wartete auf die Freigabe zur Weiterfahrt. Eine Stunde später schwand ihre Zuversicht. Sie würde hier, weiß Gott wie lange, ausharren müssen. Während sie wartete, rief sie Peggy an.

»Hast du schon eine Mitbewohnerin gefunden?«, fragte sie, als ihre Freundin ranging.

»Nein, warum? Hast du deine Meinung geändert?«

»Ja. Es könnte einen Monat dauern, alles in die Wege zu leiten, aber wenn du mich noch willst, würde ich gern mit dir zusammenziehen.« Ihre Freundin hatte recht, Lindy würde kein Problem haben, ihr Apartment unterzuvermieten. Und was Media Blast betraf, der Vorschlag war angenommen worden, und das Team würde auch ohne sie weiterarbeiten können. Sich selbständig zu machen wäre ein Risiko, aber eines, das sie einzugehen bereit war. Die Vorteile überwogen die möglichen Nachteile bei Weitem.

»Weiß Billy Bescheid?«, fragte Peggy.

»Noch nicht. Ich komme in die Wine Press, sobald es mir möglich ist. Ich bin schon auf dem Weg, nur dass der Verkehr vollkommen zum Stillstand gekommen ist.«

»Ich werde da sein.«

»Ich weiß.«

»Du hast Billy nichts von meiner Idee erzählt, oder?«, sagte Peggy.

»Nein.«

»Das dachte ich mir schon.«

»Warum?«

»Seit du abgereist bist, ist Billy nicht mehr der Alte. Ehrlich gesagt waren wir beide ziemlich down. Geteiltes Leid ist halbes Leid, also haben wir beschlossen zu reden. Am Ende habe ich ihm von meiner Idee erzählt, dass du hierher zurückziehst, dir mit mir die Wohnung teilst und ein eigenes Unternehmen gründest. Ich glaube nicht, dass ich ihn je deprimierter erlebt habe. Ich wünschte, ich hätte den Mund gehalten.«

»Ich werde ihm alles erklären, wenn ich ihn sehe.« Sie würde mehr als nur diese eine Erklärung abgeben; sie würde sicherstellen, dass er wusste, wie sehr sie sich wünschte, mit ihm zusammen zu sein, und dass sie sich in ihn zu verlieben begann.

Peggy seufzte ins Telefon. »Ich hoffe, du schaffst es bis Mitternacht. Ich gehe jetzt los zu der Party.«

»Verrate Billy nicht, dass ich komme.«

»Mach ich nicht, versprochen. Ich freu mich schon auf sein Gesicht, wenn du zur Tür hereinkommst.«

»Dann bete, dass ich es schaffe. Es gibt eine Lawinenwarnung. Wenn ich Pech habe, sitze ich stundenlang hier fest.«

»Ich werde nach dir Ausschau halten.«

Es dauerte eine Ewigkeit, bis sich der Verkehr wieder in Bewegung setzte. Lindy blickte auf die Uhr und stellte fest, dass sie kurz vor halb zwölf ankommen müsste. Silvester hatte sie immer viel Spaß gehabt, und wenn auch alles nicht annähernd so verlief wie erwartet, wusste sie ohne jeden Zweifel, dass es das beste Silvesterfest ihres Lebens werden würde.

Ihr Timing war perfekt, und sie erreichte Wenatchee mit einem Zeitpolster von einer halben Stunde. Ihre Eltern wussten, dass sie zu der Party wollte und sie nicht auf sie zu warten brauchten. Ihre Mutter hatte versprochen, das Verandalicht eingeschaltet zu lassen.

Wie erwartet herrschte im Restaurant Hochbetrieb, und die Bar war überfüllt. Als Erstes sah sie Peggy, nicht aber Billy.

Peggy stürzte auf sie zu und umarmte sie. »Ich bin so froh, dass du hier bist!«

»Ich auch.« Allein der Gedanke, am nächsten Tag nach Seattle zurückzukehren, deprimierte sie. Doch trotz der Schwierigkeiten, nach Wenatchee zu gelangen, lohnte sich jede Minute, solange sie nur Billy sah.

»Wo ist Billy?«, fragte sie, ließ den Blick über die Menge schweifen und konnte ihn nirgendwo entdecken.

»Ich habe ihn schon eine Weile nicht mehr gesehen.« Auch Peggy blickte sich um.

»Er muss in seinem Büro sein.«

Als Lindy in die Küche kam, zog niemand auch nur

eine Braue hoch. Einer der Küchenchefs hob tatsächlich das Kinn und bedeutete ihr, dass Billy dort war, wo sie ihn vermutete.

Ein Gefühl beglückter Vorfreude breitete sich in ihr aus, als sie an die Tür klopfte.

»Herein«, sagte er gereizt.

18

Lindy öffnete die Tür. Billy blickte überrascht von seinem Schreibtisch auf und starrte sie für einen Moment stumm an, als wäre sie ein Geist. Er schloss kurz die Augen, bevor er langsam aufstand und um den Schreibtisch herumkam. Es sah fast so aus, als wüsste er nicht, was er sagen sollte.

»Ich habe nicht mit dir gerechnet.«

»Es war eine spontane Entscheidung.« Sie registrierte, dass er auf Abstand blieb. Und sie wusste auch, warum. Billy wagte nicht zu hoffen, dass sie diesmal zurückgekommen war, um zu bleiben.

»Schön, dich zu sehen, Lindy.« Wie um sich abzustützen, legte er die Hand auf die Kante seines Schreibtischs. »Ich nehme an, du fährst morgen zurück?«

»Ja, leider. Ich hab, glaube ich, eine Kündigungsfrist von zwei Wochen.«

Sein Blick schoss zu ihr. »Du willst kündigen?«

»Es wird einige Zeit dauern, bis ich einen Untermieter für mein Apartment gefunden habe, also könnten es auch mehr als zwei Wochen werden.«

Billys Augen bohrten sich in Lindys, und es schien

eine Ewigkeit zu dauern, bis ihre Worte in sein Bewusstsein einsickerten.

»Du schmeißt tatsächlich deinen Job hin?«

Sie nickte.

»Ich dachte, den Zuschlag für dieses Projekt zu bekommen wäre ein wahr gewordener Traum für dich?«

»Das dachte ich auch.«

»Warum lässt du dann alles hinter dir, wofür du so hart gearbeitet hast?«, fragte er.

»Weißt du das nicht?«

Billy wahrte weiterhin Distanz.

»Weil mir klar geworden ist, dass alles, was mir wichtig ist, hier ist.« Lindy konnte nicht verstehen, weshalb er zögerte. Sie hatte erwartet, längst in seinen Armen zu liegen.

»Darf ich zu hoffen wagen, dass ich auch jemand bin, der dir wichtig ist, Lindy?«

Ein riesiger Staubsauger schien allen Sauerstoff aus dem Büro gesaugt zu haben.

»Du solltest wissen, Billy Kincade, dass du der Grund dafür bist, dass ich das Bedürfnis verspüre, zu meinen Wurzeln, meiner Familie und meiner besten Kindheitsfreundin zurückzukehren. Weil ich nämlich vor allem zu dem Jungen zurückkommen musste, der behauptet hat, ich hätte meinen Namen auf sein neunjähriges Herz geschrieben.«

Jetzt kam er doch endlich zu ihr, griff nach ihrer Hand und legte sie über sein Herz. »Dein Name steht noch immer dort, Lindy, und er verschwindet auch nicht.«

»Ich auch nicht«, versprach sie.

Er küsste sie, und es war genauso gut wie in ihrer Erinnerung, genauso wundervoll wie das erste Mal während der Schlittenfahrt.

Ihr Gesicht glühte vor Wärme und Liebe, als sie zum Barbereich zurückgingen, wo Peggy und die anderen feierten.

Just in diesem Moment begann die Menge mit dem Countdown für das neue Jahr.

Zehn, neun, acht, sieben, sechs, fünf, vier, drei, zwei, eins!

Dann lag Lindy in Billys Armen. Seine Lippen legten sich auf ihre, als sie gemeinsam das neue Jahr begrüßten. Es verstand sich von selbst, dass Lindy hoffte, dieses Jahr und jedes in der Zukunft mit Billy Kincade zu verbringen.

Santa Claus hatte gewusst, was er tat, als er ihr versprach, alle ihre Wünsche würden erfüllt werden.

Und jetzt hatte sie weit mehr bekommen als alles, was sie sich je erträumt hatte.

Epilog

Lindy erkannte den Mann in dem roten Mantel in dem Moment, als sie sich in die Schlange der anderen Mütter einreihte, die ihre Kleinkinder an der Hand hielten. An diesen speziellen Weihnachtsmann würde sie sich immer erinnern. Er schien, seit sie ihn vor all diesen Wintern zum ersten Mal gesehen hatte, überhaupt nicht gealtert zu sein.

»Wo ist Daddy?«, fragte Adam, ihr dreijähriger Sohn.

»Er wird bald hier sein.« Billy hatte sie beim Kindermodengeschäft abgesetzt, in dem Lindy einst die Rolle als Santas Gehilfin übernommen hatte und das jetzt einer ihrer zahlreichen Kunden war.

Tatsächlich kam Billy keine fünf Minuten später, gerade rechtzeitig, um seinen Sohn auf Santas Schoß klettern zu sehen.

Verschmitzt lächelte der Weihnachtsmann erst Adam und dann Lindy an. »Und wen haben wir denn hier?«, fragte er.

»Das ist Adam«, antwortete Lindy, die sah, dass ihr Sohn vor Aufregung kein Wort herausbrachte. Der kleine Junge, der seinem Vater so ähnlich sah, blickte voller Ehrfurcht zu Santa hoch. Sein Mund stand offen, und sein Blick klebte an Santas weißem Bart.

»Hallo, Adam«, sagte Santa. »Ich kenne deine Mommy und deinen Daddy. Deine Mommy hat mir Briefe geschrieben.«

Adam hatte es immer noch die Sprache verschlagen.

»Was wünschst du dir denn zu Weihnachten, junger Mann?«

Wie aus der Pistole geschossen antwortete Adam: »Einen Bruder.«

Billy suchte Lindys Blick. »Schätze, wir müssen uns an die Arbeit machen«, murmelte er und drückte sacht ihre Hand.

Santa spähte zu ihnen hinüber und grinste. »Ich werde sehen, was ich tun kann, junger Freund. Und du bleibst Moms und Dads braver kleiner Junge, ja?«

Adam nickte, rutschte von Santas Schoß und lief zu Lindy zurück.

»Danke, Santa«, sagte sie. »Für alles.«

»Gern geschehen, Lindy.« Und dann zwinkerte er ihr mit einem Funkeln in den Augen zu.

Die drei verließen den Laden und überquerten die Straße, um Kakao zu trinken, bevor sie zu Lindys Eltern fahren würden, um Heiligabend zu feiern.

Nachdem er ein paar Schlucke getrunken hatte, blickte Adam von seiner Mom zu seinem Dad. »Kann ich ganz bald einen Bruder haben?«

»Ich würde sagen, in ungefähr acht Monaten«, sagte Lindy zu ihm.

Billys Augen wurden groß. »Sagtest du acht Monate?«

Ein breites Lächeln trat auf Lindys Gesicht. »Jawohl.«

Billy fing an zu lachen, lachte und lachte und hielt nur kurz inne, um Lindy an sich zu ziehen und zu küssen.

»Daddy«, fragte Adam, »was wünschst du dir denn vom Weihnachtsmann?«

»Ich habe schon alles, was ich mir je wünschen könnte«, erklärte er seinem Sohn.

Was das betraf, galt für Lindy dasselbe.

Liebe Freunde,

eine der häufigsten Fragen, die einer Autorin gestellt werden, lautet: »Wo nimmst du deine Ideen her?« Da das Schreiben von Geschichten mein gottgegebenes Talent ist, mangelt es mir nie an welchen. Geschichten sind überall, wo ich hinschaue. Das Leben pulsiert von ihnen. Inspirationen kommen von überallher: einem Zeitungsartikel, einem mit angehörten Gespräch, einem Film oder, wie im Fall von *Süßer die Herzen nie klingen,* einer zufälligen Begegnung mit einem elfjährigen Mädchen.

Die Cousine meines Mannes brachte ihre Enkelin, die Schriftstellerin werden will, mit zu mir. Als ich sie fragte, wann sie denn beschlossen hat, dass sie Bücher schreiben will, zögerte sie, wog ihre Antwort sorgfältig ab und sagte: »Ich wusste es, als ich begann, dem Weihnachtsmann Briefe zu schreiben.«

Mein Weihnachtswunsch ist es, dass ihr Freude daran habt, über Lindy und Billy zu lesen. Ich habe die Geschichte in Wenatchee, Washington, spielen lassen, von dem man behauptet, es wäre die Apfelhauptstadt der Welt; etwas, was in meiner Heimatstadt Yakima äußerst umstritten ist, da unsere schöne Stadt für sich in Anspruch nimmt, die Apfelhauptstadt der Welt zu sein. Jedes Städtchen dort verfügt über eine Vielzahl von Obstplantagen und eine zunehmende Zahl an Weingütern, die preisgekrönte Weine produzieren.

Wie immer gehört es zu den Freuden des Bücherschreibens, von meinen Lesern zu hören. Ihr könnt mich über alle Medienplattformen erreichen. Oder wenn ihr lieber schreibt: Meine Adresse lautet P. O. Box 1458, Port Orchard, WA 98366.

Frohe Weihnachten!

Eure 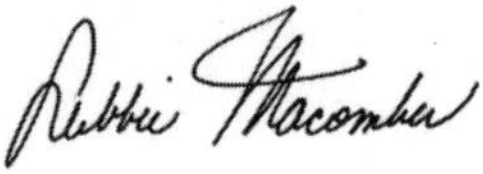